2020年诗选

陆健 著

郑州大学出版社

图书在版编目(CIP)数据

开片:2020年诗选/陆健著.—郑州:郑州大学出版社,2021.7

ISBN 978-7-5645-7971-5

Ⅰ.①开⋯ Ⅱ.①陆⋯ Ⅲ.①诗集-中国-当代 Ⅳ.①I227

中国版本图书馆CIP数据核字(2021)第121285号

开片——2020年诗选

KAIPIAN——2020 NIAN SHIXUAN

策划编辑	李勇军	封面设计	孙文恒	
责任编辑	孙精精	版式设计	孙文恒	
责任校对	樊建伟	责任监制	凌 青	李瑞卿

出版发行	郑州大学出版社有限公司(http://www.zzup.cn)
地　　址	郑州市大学路40号(450052)
出 版 人	孙保营
发行电话	0371-66966070
经　　销	全国新华书店
印　　刷	河南瑞之光印刷股份有限公司
开　　本	890 mm×1 240 mm　1/32
印　　张	8.375
字　　数	143千字
版　　次	2021年7月第1版
印　　次	2021年7月第1次印刷
书　　号	ISBN 978-7-5645-7971-5　定　价　35.00元

本书如有印装质量问题,请与本社联系调换。

目 录

- 001 东坡穿越
- 012 整容师广告语
- 020 我想象
- 021 每天,在自己的葬礼上
- 023 每个人
- 024 一个退休老头
- 025 那些看不见的事物
- 027 弱弱的情人节
- 029 隐形"杀手"
- 031 想念樱花
- 033 石头进城
- 034 路过
- 035 一只等待食物的勺子
- 036 每天,那条鱼
- 037 陪伴母亲
- 039 有思想的猫
- 041 左手的书写
- 043 词的尴尬
- 045 我和我

047　周末生活

048　我的火你的水，我的水你的火

051　隔壁兜兜

053　太太和她的朋友

055　巷口在前面

056　回响

057　得闲读好诗

058　个人史

060　晒书

061　在管庄看地图

063　好同志李白

064　在那东山顶上

065　我们为不为她祈祷

067　车行路上

069　忽然

071　蓓蕾状病毒

077　地理课和生物课

079　虚拟婚姻

081　彼得的礼拜日

083　十二背后

084　树的教育

086　佛山祖庙

093	抄袭
095	大阪小说
099	黄河入海口
104	鬓边的风景
105	稠密的日子
107	太太养成记
109	朋友要去科尔沁
111	开片
112	是夜饮酒
114	时光从四面八方涌来
121	今天的放射性
123	阿拉斯加棕熊
124	新闻截图
126	难得受夸奖
127	季节的偏差
128	明日是八月的最后一天
130	美好的一天
132	搬运与乔迁
134	看见
	——有感诗歌的"发掘琐事中的哲学"
135	西藏
137	地铁

139	台球
140	乞丐和君王
142	人说有的玩笑不能开
144	秋天
145	受戒
148	乃人自道
149	招贴画
151	小小土拨鼠
153	那些中国的和外国的神
155	请安静
157	昆仑玉
158	南里甲的那些花
160	忽然觉得
161	夜中国王
162	我的远方的美路
163	柏林爱乐玄学
165	在理发店
166	看望张凤铸老师
167	酒说
169	吃书
171	暗中的我
173	车过贾岛路

174	散漫
177	坊间笑话
178	废物的分行
180	今日
181	泣送表哥王涛
182	观友人作《僧人弈棋图》
184	手帕
186	马万国的画
187	我写着一些无关紧要的文字
189	一年将尽
190	祈祷
195	我像赎罪一样写着
197	观花女孩
198	日记
199	《山海经》中的我
200	伟大之前
	——向露易丝·格丽克致敬
201	十个人民
202	某日打坐
203	对布莱希特先生一首诗的修改建议
204	海边上
206	出行

208	下降的成语
210	获奖感言
213	塞纳河之忆
215	隐秘的敌人
217	我知道我什么都不是
219	电话里的喜鹊
221	从一位朋友的诗中又见海子
222	也许缺少一条法令
224	这一年几乎是我的一生
226	……
227	灵魂陡峭
228	一个声音告诉我
230	偶过蓝调庄园马术俱乐部
231	迟到的志愿者
232	为在另一个人世的平安做些准备
234	厌烦了我的说
236	西城老王
238	他说梦中
240	在奥菲利娅的躯体上
	——致张清华
242	就当是远方
243	美国大选在一位华裔家中

245	观影:某部国外警匪片
246	凌晨三点
247	母亲逝世三周年祭
248	老家的楼房
250	十七行诗
251	如此古镇,如此黄姚
254	你见到的我,是我派生的我
256	后记

东坡穿越

凭什么苏东坡可以穿越?因为
他是苏东坡。因为他的书法
石压蛤蟆体。掀翻石头,坐在
蛤蟆背上纵身一跳,进入时光隧道
"乘风归去"。你若是他,或许也行

我能穿越到宋朝。鄙人何人?因为
我是东坡一篇以逗号结尾的短文
说完这比喻我把自己吓了一跳

其实我叫西坡,冷不丁
报上家门,怕人家接受不了
在一片狐疑声中,我脱身而走
在这仅可两人侧身而过的甬道

我举荐东坡到我们大学任教
校长诧异:这位先生什么职称?
进士?学历不对称啊。课本中
选他的作品足矣,至于其本人
另请高就。我忙,要陪部委的科长

有个叫佛印的和尚翻翻白眼,念一声
阿弥陀佛。苏东坡被破格录用
因为教育部科长,却是苏子由后裔

东坡教授古代诗词,"大江东去",云云
女生对"雄姿英发""羽扇纶巾"感兴趣
"小乔初嫁了",男生表示愤愤不平
他们的共识:这位经常出没于文学史
内外的老冬烘,"之乎者也"成癖
中山装不大合身,名士风度却非
《百家讲坛》上的名师派头
他的一肚皮不合时宜倒比较新潮

是"花褪残红青杏小"的季节
我潜入宋朝地界,来到京畿之地
农人将《诗经》精耕细作,撩起衣襟
频频擦汗。但凡遇见惊艳美女
比如"淡妆浓抹总相宜"的罗敷
虽则情动于色,毕竟止乎于礼
背诵一下柳下惠,便无其他动作
首善之区是也。我捂着心口四下瞧
那边胡须稀疏的县令与贼人交流案情
几个衙役无聊地靠墙昏昏欲睡

此时苏东坡来到长安街,危乎高哉
巨型建筑千姿百态,敢情应了那
"横看成岭侧成峰"语句。危乎低乎
人头攒动,不知该怎样形容。百业千行
尽可详察品类之盛。他坐公交浏览
忒快就过去了。共八站。8.8公里
其实说17.6华里也未尝不可
国际标准?偏见甚深的也常称标准
马车呢,带棚或不带棚子的?Sorry①
马车跟《骆驼祥子》的骆驼出城去了

我换一双方口布鞋,进入汴京宋城
大街,宫殿鳞次栉比,像极了横店
影视城、无锡影视城里的包罗万象
石板铺路,满世界宽口大袖扇动微风
百姓从容不迫,熟人相见而揖
相别目送,修养表情皆君子风
不似今日,礼节太多,嫌耽误工夫

唐装宋服,惜乎实用性稍差一点
假如打铁打仗就不方便。女子
嘉言懿行,对杯水主义并不干渴

---

① Sorry,英文,意为对不起。

明火执仗的三妻四妾却很过分
我隐隐生出现代人类的自豪感觉

东坡为什么莅临我们世纪？
当然是想看时宜是否合乎他的肚皮
这世间最可贵的是质疑能力
这世间的每个所谓道理，四周都
环伺着大堆别的道理，难以辩驳地
否定它消磨它跟它过不去。相克相生
同时也是比天还大的积弊。西坡我
劝道：绅士讲话，音量不要过大。此刻

我在"也无风雨也无晴"的大宋社区
讶异：古人的大袖能装如此多货色
蔡京等原来把那奇珍异宝藏在这里
完全不必保险箱、银行卡、密码锁
我发现了宋朝最不好的地方

东坡参观军事博物馆，民族之情大增
酒酣胸胆一般，血脉偾张如公瑾当年
文思涌动，想在西林寺那般题壁
噢，温馨提示：不得胡写乱画
回住处他抓过电脑疯狂打字
行文，作诗，回车键噼啪爆响

誓把自己流传久远的辞章重新写过
哎哟糟糕,忙半天忘了插电源了

我发现宋朝最不好的地方是GDP
居然不遑多让占全球总量30%有余
使得别的大国伤了自尊别过脸去
财富堆积如山岳,货币往来如潮汐
立马选些人才,设立纪委或督察机构

我拜会贤达,来到翰林院干休所
大相国寺旁边。王安石戚戚道
用新桃换老朽的旧符?其他人等包括
章惇,表情流露古怪:小哥何方神圣?
有何贵干?通关文牒呢?让人忐忑

我叫"满脑子匪夷所思"——这时候
自报"西坡",不是等着挨骂吗——是
朋友"一肚皮不合时宜"先生引荐来此

小哥我和几位大佬讨论问题切中肯綮
比如,各位以博闻强记名世,那么
哥伦布、哥白尼是谁?哥伦比亚
哥斯达黎加在哪个区域?发挥余热
政协工作仰仗诸位提高效率。向古罗马

元老们学习,幸好来得及。你们的子孙
比如我辈,对前贤有相当的敬意、预期
诸公和颜悦色许多,司马光大人也借我
他的信史之笔,教我写《资治通鉴续集》

据说子瞻同志穿越之后脑洞大开
嗯哼?不知道德文章可再精进?

东坡忙于重撰弱冠时作的《刑赏忠厚之至论》
他将三峡大坝的修整草图改了撕掉
撕了再改,最后放弃——岂可方枘圆凿
以修苏堤的经验成为羁绊?朝廷
哦,如今叫政府了,掌嘴——应关注
21世纪医学革新,中医尚须解决
草药问题,其实是土壤污染的燃眉之急
《本草纲目》做医学博士的必读书目
同时我发现了赵家的第二个失误

皇族及社会精英集体精神自残,忍把
帝都换了浅斟低唱,就像一群女子
爱将画眉斗短长,结果国祚并不比
那唯美的锦鸡尾巴更漂亮。科技兴国
怎么解释都不懂呢?还摇头晃脑
难道智库里只摆放着《百家姓》

《幼学琼林》和几纸干巴巴的奏折?

在这无论怎么评价都难免
以偏概全的时代,东坡每天有新发现
每天有新兴奋点,比如大小官吏
不分品级一律刷屏为公仆名号
真乃进步是欤!历史上所有的官职
除了赝品,即为鱼饵。还有
多数国人亦步亦趋,把贝多芬大调曲式
弹奏成小调。法兰西对巴黎铁塔的认可
也许只是习惯或眼镜框起了作用
爱因斯坦对天体物理学是喜爱还是无奈?

东坡呈上新写的《念奴娇·大江东去》
有关部门回复:长江环境已大有改观
谨防思维路径偏差,污染的旧账不宜再提
东坡悻悻自嘲:既然咱一肚皮什么什么
那么脸皮也要相应地糙厚。我说,作罢
咱尽力了。东坡说,呵呵,交递不行投递

我考察勾栏瓦肆。品着剩茶的说书人
个个忠臣良将,三皇五帝在他们的嘴巴上
打斗,手脚勤快。杂耍艺人表演背着手
用一根筷子喝粥的技能,兜售大力丸

我喟叹,何不揣些银子到英国、意大利
看看乔叟、但丁在干吗
一会儿你们会仰头望见,新中国咱们
"国"字号大飞机衔着时间穿过你的视域

这个了不起的时代也并非完美无瑕
一次开会,东坡想起那则视频——
某富婆横卧电视机前,揉着腹部的
赘肉呻吟,"春江水暖鸭先知"呗
某企业征文,要求诗坛大咖无限度
赞美公司尤其是董事长尤先富先生
多情早生华发。酬金优渥,典礼隆重
烂污!东坡拍腿怒道,有辱斯文!之后
忙起立向会议室道歉。主任大度言道
坐下,姑且忘掉你那杭州通判的身份

还有,西坡,注意听文件精神
会后还要分组讨论。其实刚才我也
怒不可遏,想拍,可是没找着大腿

看来,这西坡的年景收成,天意就是
逊于东坡,不应有恨,不全怪风水

我和东坡发生过一次友善的争吵

"评价人,重在察乎其德。""或许——
然而比如高俅,聘他做男足队长
那一字马脚尖定球技术,就连科比
——错了,他是篮球球星——就连
梅西、C罗都惊呆住。破网得分硬道理。"

东坡的奇谈怪论不甚了了,时而
似泉眼那叫一个不择地而出,比如
"我唯一的优点,就是敏于发现
别人的缺点。而本人何如?像
公案里说的——镇江大萝卜头。"
我能举出联合国和发达经济体的
十大不负责任现象。此象非彼象

我观测到天象纷乱,地球会出大事
眼下学界更需提倡"不合时宜"理念
重新点击、扫描文化、主义,尤其是
比螃蟹爪还多的思潮流派。哲学
美学无一不是其相关科目。不合时宜
是复杂群体中个体基本的认知伦理
一个让很多人不舒服的人活到现在
并非易事。黄州惠州,尤其儋州
其实荔枝也不是想吃就吃的,我刚尝
三颗,已撞见哲宗阴晴莫测的一瞥

在北京,他每周过一天宋朝的生活
王弗不在,自制红烧肉,不过要
请邻居帮忙打开燃气灶。偶尔点外卖
每日一餐《寒食帖》中的简陋饭菜
关于养生,他写了篇科普文字
篇幅为"前后赤壁赋"相加那么长
刊登于某月某日《环球时报》第17版
奉劝天下所有肝火郁积之人,尤请
饮些绿茶、小酒——购买防伪产品
"一樽还酹江月"就省了吧

我认为他这千年前的保守派未免过激
他指出我步子缓慢还没跟上节气时令
看来他穿越至22世纪的筹划、实施
我没力气、没资格再做帮忙也添乱的
书童了。不晓得他在那儿是否快乐
能否与心仪已久的霍金先生相遇

东坡说悲哀——我以苏轼碎片的形式
走动于现世。用心不专,误打莽撞
像初作文者主题模糊,缺乏中心思想
应把脉民族进步的总体走向,融入世界
低调而自强。比如,小企业、制造业

IT 白领创业维艰,政策如何给优惠?
科级以上干部每月需向主管上司
递交三页 A4 纸的批评建议,否则
停职待岗。守土有责,再别动不动
就拿"此事古难全"说事,搪塞,逃避

我说我要执笏犯颜进谏,除了出产
像刚保养过的劳斯莱斯车身一般
光滑的绸缎,你宋家天子去校场
快快用袖口把岳鹏举的枪尖擦亮

OK!君子一言,击掌约定:穿越
——时不我待

临行之夜,东坡听罢朝云的小曲
"竹杖芒鞋轻胜马,谁怕?"
告知,"我又要上朝,21 世纪之朝。"
临行之晨,我"一树梨花压海棠"
礼毕,向内人徐徐曰:趁周末假期
"此行再往宋朝,大抵去去即回"

2018—2020 年 2 月

整容师广告语

我给整容医院做广告
这广告,值得做。您听了,有收获

是的,我的形象既不俊朗丰神
也非丑怪吓人。如果太俊,怕
整容的朋友失去信心。丑陋
怕顾客认为我是整容失败的产品

是的,一根针能和方天画戟
建立联系,乐曲的第一个音
引领着山岳巍巍江河奔泻
对事物,见微可知著,它源于内力
对外力也不免有所借助

这里有一位老板,请看:家徒四壁
小富有余、拥金百万、亿万富翁阶段
他四次整容的照片。循序渐进不断修缮
连太太都没发现他已经是完全不同的
一个人。您说得对,这人不是马云

形象无关紧要?说得好。的确。假如

无志向,不上进,命也,运也,数也
听之由之?也罢。命里只有七合米
走遍天下不满升。可是"帝王将相
宁有种乎?"不妨,我们来看投影仪

张无忆,男士,原先额际狭窄
三角眼。后来上天垂顾,人脉聚拢
财源广进。更名为张五亿;这位
由美美,之前双眉外侧眉角低垂
似乎对整个世界都看不惯,有抵触
如今在玻尿酸和硅胶的帮助下
获得"范冰冰第二。自谦地说:第三"
的美誉。虽然她更心仪、念念不忘的
是某个忘了名称的芭比娃娃

提醒大家,"每次进门来,洗手后
一定先为医院门前的菩提树浇水"

我们看,她的眉骨不适中
颧骨突出,时常有碍家庭和谐
他的脸型这样修正,和他银行家的
职业身份比较搭配,自信上升到
比脑门都高。鼻根垫高提升了薪水
你所有的内在信息都被写进了容貌

——甚至你父母的部分密码。如果
造福大众,需从改造人的脸面开始
此为本职业的追求目标,道德规范

在视觉时代,眼球经济时代,拼搏
颜值就是最基本的生产力
大人物更无例外,印度大神奎师那
宝像何其尊贵庄严?请看屏幕
包括在文达闻村他孩童时期的
天真与睿智,祥瑞与日月同辉
那唐太宗、赵匡胤,方面阔耳
明显比溥仪更有理由居有一个大国
不使龙椅摇晃——不错,那些
都是画像,那么就让照片作为例证

丘吉尔天庭饱满,地阁方圆
打败腮边少肉的希特勒当无悬念
若是那位林肯——身居高位的
苦命人,则事情会不会反转
尚未可知。麦克阿瑟的霸气烟斗
预示着山本五十六的航母
战列舰一艘追着一艘起火下沉
肯尼迪注定难成大事。诚然
还有战争的正义与否,等等

肇因，国力，顶层设计，团队执行力
甚至运气，像一锅粥搅在一起的问题
这世界总是灰头土脸地在问题里打转

我们搜索一下报纸、电视、网络
好马快刀的明星达人，其名号通常
旁若无人地大放光彩。这些都是
给名字整容之后的必然效果

诸位，请您——当然是决心已定的
您，先打电话预约，按次序
耐心等候。付费，手术。明白？

给人赐福。整容师作为被派遣者
带着使命来到世间。为什么不呢？
闻达。落魄。贫富。材料与商品
价格与价值。清仓，转换，增值
命运，不全靠先天这神秘之手拨转

很对，刚才那位先生提示
佛陀说，相由心生。当今时代
信仰与科学都在问号的狙击中
早已被瞄准，锁定。看谁更抗击打
朋友们注意，释迦牟尼竖起的

手掌。假如他又说:心相合——
因为他代表人生正道,宽敞大道
我们全部的反驳理由,都显得软弱

伪科学?假冒?欺骗?难以成立?
医学成果发现,我们的基因
每天都在不停改写。外力,内力
每天都在我们身体里相互抄作业
试想合十的手,佛陀与开张不久的
生命科学学科先后来到熙熙攘攘的
人群,拯救这世界的方法不止一种
普林斯顿大学实验室的精密计算
清华大学脑科学研究院得出的可靠结论
脸部区域划分——如图。美
可量化,可推演,可用几何学阐释
因而可掌控。像一生二,二生三
三生万物一样,符合逻辑

相由心生,东方信奉,高鼻梁的
西方也不加反驳。心相相生
是说相貌影响心智、善恶
难以想象一个小偷长得像国王
选美冠军去捡垃圾。同样——
这也许是至尊者在 21 世纪

与时俱进的教导。普世,实用
哦,由他衍生的万千无量寿佛

救援天下从修缮人的相貌开始
让所有人发现自己的优点和可能
拥有这优点并不过分。让所有人
变得比他自己更美,呵护自尊心
结果是,整容后的自己在惊诧
惊喜之后毫不犹豫地为自己点赞

你可以不喜欢一首诗,但是
有些话比诗歌抒情,比如祝愿
你可以不看重,甚至捐了金钱
然而有东西比钱更值得珍视
珍藏。一个城市靓男美女多了
空气质量、生存质量都会提升
养眼,养心。希望自己美好
是尊重自己的先于一切的理由
爱己及人乃天道,与虚荣
隔着八丈远。瞧,招贴画上的
这位女士之感受——"揭掉纱布之后
哇,我看到世界和我都被改变了!"

有缜密者问,那么潘安的子孙呢?

或者卡西莫多的传人?——
圣贤祠中的雨果大概率睡不安稳了
准备修改《巴黎圣母院》?怪只怪
公平的时间对前辈们似乎并不公平

要把自己变得更猥琐的人
举例一位男子因为妻丑要求手术
想把自己变成另一个人
举例一位女士想成为梅艳芳二世
一位银行保安提交了使自己酷肖
洛克菲勒家族后裔的申请表
诸如此类,我们把双手背过去
一概不提供援助。这世界需要
适当的差异,需要更安全而非更危险
外在目的定要让步于公德与自律
此生百年路有千条,每个人总要
选择——选一条放上自己的脚

更美好的生活也许就从此刻开始
现在你接受了来自另一个人
来自许多人的祝福。执着地
"面朝大海",见不到"春暖花开"
只看见大波涌来。花开在
转身时候。一次顿悟,也许

意味着一个终生的改变。祝福
祈愿,吉祥比我们的生命更绵长

2019—2020 年

我想象

我想象,将来有一天
人们小心翼翼
脱下一身的冰雪
开始尝试着露出笑脸

将来,多久才是将来啊?

人们点燃鞭炮,比节日
更讨人欢心的鞭炮,二踢脚
噌地刺破云层挤到天上

人们,人们就是我们啊
先别忙着佩戴鲜花,举起酒杯
脸上的泪干了,心里的泪不干

这不是一场胜利
这是一次哀悼

2020年2月9日

每天，在自己的葬礼上

每天，在自己的葬礼上
低头，鞠躬。站着的我朝向
躺着的我。躺着的我流泪
站着的我早已没有泪水

躺着的我将被移走
化作一缕直立的黑烟
白色的烟缕我岂敢奢望？
可是我的孩子还找不到
回家的路，没人为他祈祷
我欠下的债将由谁来偿还？

向死去的人弯腰是一种歉意——
将先行去往众人将去的地方
向死去的人道歉因为生前
我们有牵手或角力的约定
如今我的身体没了腿脚没了
只剩下一双伸向天空的手

兄弟，你死于病毒死于不甘
死于一个被自己刺破的梦

向你行礼就像朝我自己行礼
我没忘记,我还亏欠着
和自己一个结结实实的拥抱

2020年2月10日

每个人

每个人的死亡都让我死去一次
每个活着的人都召唤我
重新活过来

那病毒从口鼻
从我热爱世界的眼睛里蛮横侵入
洗脑,抓噬我的肉体

我的细胞赤手空拳相搏
我抵抗的能量,我的免疫力
尽管由细小到看不见的细胞组成

亲近的朋友远远招一招手
陌生人匆匆而过,隔着厚厚的口罩
已把这世上的危情了了会意

2020 年 2 月 11 日

一个退休老头

天气终于放晴。憋不住
我要在小区里走走

积雪在融化,楼房、车库
露出原有的面目
和它们曾经享有的比喻和词汇

我追着那比喻跑。比喻的
包装里面——竟然是空心的
高蹈的诗人全都不会写诗了

一会儿我就回家
给身患乳腺癌的老婆做饭、炒菜
自己来二两小酒。病毒让我哭
我偏要笑。笑容的后面
是粗糙的冷冷皮肤
皮肤后面血肉模糊

2020 年 2 月 11 日

那些看不见的事物

我老了,视力弱了。这不是理由
但即使年轻,顾左右而言他
也有很多东西看不清楚
比如精神,爱。比如憎恨,纠结
怀疑,恐惧,遗忘。比如空气
比如忠诚。比如咳嗽、喊疼的声音
比如体温 38 摄氏度或 40 摄氏度。药物在
胃里与疾病厮杀或握手言欢
福尔马林与酒精的气味,亲切
比如他人是地狱也可能是
爬出地狱的光亮,以邻为壑的
如今怕把坑挖大了自家也掉下去
非富即贵者轻易不要把自己
与他人在不同的天平上称体重
比如后背被贴了"小心"的字条
而不自知,对面的人携不携带
病毒,他本人懵懂,大家赶忙跑去
乞求显微镜。比如谬之千里之前的
微细的误差。微信后面的人脸
比如不被允许的怪念头。一朵
浪花覆盖另一朵是否也融入

另一朵？自由的空气被那些
也有生存权的细菌掺和进来
比如货币超发者到底想干什么？
比如我们围剿狡猾的病毒的意志
坚不可摧。比如本想按前进键
却按了回车键的操作习惯
因为眼睛太小，大笑时不得不
闭上眼睛的迫不得已，那么就
相信耳朵。比如豪宅席梦思上的手
抓紧的冷汗或密码。比如回答提问时
屡屡走神的样子，他腕上的名表
泄露了不该泄露的信息。令人尴尬的
时快时慢的心理时间。看不见的
物象时常挂错思维的衣架，它们
有时比我们见惯不惊的事物
更可怕更可爱更重要更紧急
在去年和今年交接的地方
比如是冬天和春天的交界处

2020年2月13日

弱弱的情人节

去年至今,最大的一场雪
斜着下来,压在情人节身上

玫瑰结冰。所有款式的手机
不停传递紧急呼号
温暖无法向单元门外面的
爱人持赠,她燃烧着灼痛自己

应该是万物复苏之际
人,动物,植物比赛发骚
鳏居的老汉也想敞亮一下春心
又连忙系紧衣服纽扣
今年的情人节是杯药酒
喜鹊白天睡觉夜里闹
想接吻的嘴唇如受惊吓的
小鸟,各自奔逃

肌肉男向往高原,恨不能躲进
牦牛的睾丸里去;整容女软软地
本想交出自己,却无人采摘
那就把这——能将人化成糖水的

节日清汤寡味地咬牙过了吧
要知道对抗毁灭
繁衍也是重要的方式

灾难，连今天都不肯放过，环伺
凶狠，逼近我们身体的火塘
比冰更冷的是它的阉割之刀

2020 年 2 月 14 日

隐形"杀手"

我多想看着我的小儿子
像一匹小马稳稳地飞快地
在院子里奔跑。怕他丢了
我像一条老狗喘着气追

这些天不行,关他在家里
有时又后怕,把他带来
这乱糟糟的世界上有些后悔

病毒凶猛。同时是个特别会
躲猫猫的家伙。按钮、门禁
都属于危险部位。你瞧,长得
漂亮的人在街上也藏起她的脸

电梯间粘了塑料泡沫,插着牙签
"注意,请业主用它点击触键
之后请丢在旁边的纸杯里。"
他模仿保洁员阿姨的语气

他写一会儿假期作业又想出去
想制止已经不见了人影。回家

他妈妈酒精啊喷雾啊忙乎半天
他又摸上了门把手。站住!
他问,是不是我把双手举起来?

会不会染病?天知道,你免疫力强
但是把我们招惹了,同样糟糕
你的病妈抵抗力弱,爸爸老,也是
一碰就往后倒。噢,你的作文快交给我

儿子正襟危坐写作文,写爸爸
发起怒来比病毒还丑,还可恶
他呆呆地,发愁这一天可怎么过
看看蜡笔小新又看看窗外。这个
不喜欢读书的孩子居然在怀念学校

2020 年 2 月 15 日

想念樱花

想念樱花。珞珈山上的樱花
东湖边瘦瘦的樱花
虽然身子弱,看起来含羞怯怯
它们却是不肯抽泣的

病毒肆虐的季节,樱花
还是挣扎着从枝头挺立、绽开
怒放。怒放啊!每个
花蕊和花瓣上喷涌着悲愤

春天有时并不那么可靠
春天腋下有时藏着冷风阵阵
樱花的美,樱花的凛冽

东京都、爱丁堡,全世界的樱花
都亮出不可凌辱的芳菲
它们的蓓蕾虽小,也是拳头
也是对生存和主权的宣示

虽然珞珈山的、东湖边的
樱花病了,它们身子弱。虽然

很多书病了,周围的很多人病了

2020年2月27日

石头进城

> 海能容则潮有信
> 云欲隐而天不高
>
> ——书赠罗云

石头,罗云大师常常倚靠的
那块石头,常观赏的那块石头
看似十分专注于修行的
那石头,早已将大师的念诵
存了七七八八,暗暗在心里
大师已将九华研磨成九朵莲花
山高月小,略胜于无
大师再次入定。石头穿上大师衣装
正正衣冠,临溪自顾:还像
于是乎下得山去,沿大师来时路径
江西,南粤,上海。十里洋场的灯
石头里里外外,给挠得好痒
喝咖啡,洗脚,店家记在罗云账上
顺利再搭讪几位美女,试试手气

2020年3月6日

路　过

从超市滚梯上来
见到那人,在擦落地窗

天空有污渍。他擦
湿痕依序排列,像简单的字
像一些笨拙的笔画

流云碰碰他袖口,移开了
他擦,时间的阴影。他擦
太阳昏黄,光斑摇着他的脸

他擦去自己的身形,臂膀
只剩一只手,持续搓动

他擦去了自己的手
只剩下大片的透明还在

2020 年 3 月 25 日

一只等待食物的勺子

勺子的凹处有足够的耐心
勺子保持着等待的姿态
它的教养要求它这么做

它等过成群的猪羊
马牛一言不发,身披香料
裹着炙烤或蒸馏的味道
根据那些肠胃,或身份
到来,或只是路过

饥饿有时是先到的甜点
刀叉摆在厌食症旁边

2020 年 3 月 26 日

每天，那条鱼

那条鱼躺在案板上
我刮鳞，剖腹，清洗，上锅蒸

好像还是它
第二天又躺在案板上

好像昨晚已将
一堆残渣般的自己黏合，缝合

它大口大口喘气
穿好波光粼粼的新衣，忍痛
回到河里

现在，它就这样定定躺着，望着
葱花，姜蒜，还有一杯土酒

2020 年 4 月 22 日

陪伴母亲

母亲这会儿呼吸平稳
两天了。深夜
为驱赶劳累,我打开电视

电视里的人甩臂大步奔跑
田径场像一个表盘
脚步的声音狂踩着心跳的声音

刺伤我眼睛的是那道
标志着荣誉、金钱的红线

盖在母亲身上的薄被
盖着一世的疲倦

她尽力了。作为医生
她拖起多少病倒的人
帮他们站直身板,追逐幸福

作为母亲,背着
拉着我们四个孩子一路走来
没睡过安稳觉

屏幕上的人拼抢着冲向终点

我在心里喊,慢一点。拜托
还是慢一点吧
母亲的呼吸变得急促

啪的一声。停电了
屋子黑了。夜被扼住了脖子
我不禁失声痛哭

      2020 年 4 月 23 日

有思想的猫

小灰别是一只有思想的猫吧?
这对它可不好

太太在厨房喊,小灰
你是不是又爬桌子了?

小灰跳下来,但只降落在
椅子上,挺直脖颈
顽强地盯着那几块猪骨头

它想,为什么我只能
用桌下的瓷盒,你们
却霸占铺着条纹布的餐桌?
我一定要忍饿,等你
收拾完乱七八糟的灶台?

四楼韩阿姨说,我们家二哈
坚决拒绝剩饭。要冲它吠几声
一定比它的声音更压制,才听话
难不成把我们也当成了狗?

小灰没出过门。它不懂
"人"的概念。并且它也同样
不服气。歪着头,觉得

我们三口的"喵"声很没教养
我们呆笨地用两条腿走路
并且我太太
连漂亮的胡子都长不出来

2020年4月24日

左手的书写

诗歌这门古老的手艺
传承至今,如此摄人魂魄

我把电脑推到旁边,用手写
我调动右脑的形象思维
左手,铅笔——是我的工具

汇拢我用尖喙寻找食物的
艰辛,快乐时的癫狂
它们在知性感性的合谋中
生成词句之花朵

被笔尖刺破的虔诚心脏
流着真实的血
我知道拙能胜巧。这饱满欲滴的
果实,完全配得上赞誉

可我稍稍后退一步,它
竟然瘪下去不少
我顿时被挫败感淹没

它把我推到
一个读者的位置上。推到
比别的读者更远处
这残忍的真实。这种
从屋子里走出来感到的公平

      2020年4月26日

词的尴尬

比如特朗普。不提他
这个人我不太喜欢

比如市长。级别太高
那就比如科长吧——实词

比如之乎者也——虚词
——古代汉语中的除外

比如"啊""咦"吆喝,需要参考
发出声音的是啥表情

"妈的"的"妈",实词。那
"的"就不知所云了

"花钱"的"花",动词。常常
预示一种行为。而"钱",也许是

巨款。但是在没钱人那里
不是虚词还能是什么?

"奋斗"怎么解释？在抵达目标
之前不肯显形，我眼花了

借您的眼神使使。"虚无"也不仗义
让"哲学"拖着鼻涕跟在它后面

词是重要的，重要到指陈万物的
程度。"虚实"却暧昧不清

它欢欣或痛苦，纠结或焦虑
看它和别的什么词结伴而行

        2020 年 4 月 26 日

我和我

他在朝阳路上走
另一个他平行,在建国路上
一个他向南,牛街方向
一个他朝北,接近电视塔

一个他意气风发,一个他
对自己不满意,嘟嘟囔囔

风从"风"字的胯下
同时从"风"字的腋下吹拂
在他的生活里蹚出响亮的水声
他的十指,燃烧着火苗记忆幽暗

文件夹,一份使人窃喜的协议
挨着一份被取消的沮丧合同
一个他扶墙站稳,另一个他
总被自己绊倒

日子不停地移动,变化
一会儿给你听音乐
一会儿把你的耳朵揪得生疼

一个他和另一个他
相互不敌视也无对话

一个他并不知道另一个他的
存在
那次他们在老年剧场相遇
他当然不可能认出他来

2020 年 5 月 7 日

周末生活

太太观赏电脑里的亚洲电影
儿子在手机上浏览欧洲科技
干脆,我捧起一本写美洲的书

我们一家三口,就这样
把世界抱着,把世界狠狠地爱着

屋子很安静,天气也晴好
中午了,谁也不抬头
谁也不提做饭的事。就这样爱着

好像要比一比耐力,比比
亚洲,欧洲,美洲
谁最能扛住饿

2020 年 5 月 11 日

我的火你的水,我的水你的火

火的恩情和敌意
水的损害和滋养
从父母来,从来处来,纯属意外

你的火以风的形体翩然出现
脚踝如秋天

檞树下,你的那日你的火
幽暗了下午,地平线
扯动水面夕阳,它进退失据

你的水我的火汇聚为
镜子与影像的重合
一队兵马清空一个单音词的
内部,然后驱逐了自己

你的性别城池紧闭
我的火从怀中掏出初次的花卉
一米一粟,栅栏瓦解了冬
它的惊慌,饥饿的头顶忧伤明亮

偶然的、必然的矿藏
你的火煮开你的水
冰雪的中心温暖，恰如其分

眼泪与甘甜。水火的混合
拆开，"淡"如水流陪伴火堆
无辜而润燥适度，比拯救更威武
我和世界隔着一层水火共谋的皮肤

水纹的尖锐抵住这一刻的命门
火把惊叫写在瀑布的脸上

黑白琴键，交接处溢出光阴
水与火缠绕纠结
你右眼的疼痛看见我左手的颓败

欲望退潮，复位。生活在暗处教我

财富坠入绝望，并不比贫穷更慢
九月的清凉剥开一朵莲花的宗教感

你的自足，我的无数个
真实得好像没发生过的
你我的拥抱，像爱情

相互扑了个空。就如

我们的执着,不知其所
就如我的不期待读者的写作

      2020 年 5 月 21 日

隔壁兜兜

兜兜昨晚做了个梦

刚起床,天就黑了。窗前

迷迷糊糊的流星滑下去

空气中飘着鱼眼

很多国家的食品柜里摆着节日

竟然没一个不是儿童节

高楼长得像裤子

腰带上插满旗子

每个班的数学课代表——

银行家,最卖萌。4加4

老师让它等于几它就等于几

男人女人攀比新玩具

瞅准机会,大个子

就抢邻桌的零食

那只背着花朵乱跑的鸟

在扯风筝。云彩在叫

街道上的人,真多

他们穿过房间

有的领到两颗糖,有的三颗

有的领到一张糖纸,包着晚安

2020 年 5 月 26 日

太太和她的朋友

太太和她的朋友在院子里散步

遵医嘱,吃了药
步子别过大,避免过快
根据路途均衡自己的体力

太太适应了与疾病和谐相处
她说,现在疾病
成了我形影不离的朋友

她手臂摆动的幅度、节奏
都表明身体状况,是晴,还是阴
她的这朋友,是我
实在喝不下去的苦酒

先经过五年生存期
如今四年多了,想到这儿我胸口
就被什么死死抓了一把

她时而脚步平稳,微低下头
像在和自己的身体说话

像和自己的身体相互安慰
神情竟舒展不少

有时散步久了,该做饭了
择菜,洗菜,切,炒,蒸
豆腐炖鱼要慢火。可是我不说
坚决不说。在她身后跟着
我坚决不惹她的朋友生气

2020 年 5 月 29 日

巷口在前面

街巷如空空的裤筒,时间在走
急缓如呼吸。如等待,却不肯停留

只有长短节拍的音乐,饲养听觉
更多是消失无声,静默

我确信,憎恶来过,热爱来过
宽容也来过——但它很失望
因为所有人,都不配得到原谅

2020 年 6 月 8 日

回　响

忽然怕了"回响"。怕了

这阵子胆子明显变小
大夫说，到一定年龄，肾气不足
的表现。回响，这词太硬太刚
尽管别人也讲它柔软的一面

太太病重那两年，我出现幻听症状
半夜常从睡梦里挺直坐起
眼球停转。好久。确认听见了
她的呼吸声，才重新慢慢躺下

星星瘦得只剩下眼睛

我想起胆小的妹妹，四五岁时
别人不经意一个抬手的动作
她就吓得慌忙抱住头

我抱着我的岁月，一刻不敢撒手

2020 年 6 月 11 日

得闲读好诗

翻开一本《诗刊》
文字的草丛中,有几行
颇为亮眼。谢谢作者啊

好的诗句,就像幼儿园
小朋友群里忽然站起
一位胸部饱满的阿姨
体态修长,双颊红润如修辞

就像绿树,忽然从怀里
掏出火焰般的花朵,灼痛你
像失败者拼尽最后的力气
站起来
他和胜利者获得了同样的尊重

这半年,只读到这样的,两首
我折服。我享受。想想也是
好诗太多了,人间怎么办?

        2020 年 6 月 11 日

个人史

小时候学习出色，懂礼貌
遇见如今我这个年纪的男士
就脆生生叫爷爷。体质弱
先天心肌缺血，气管炎
三年级，学校停课，大家
整日在街上疯玩。那时候感觉
周围坏人多，白天晚上都危险
那小我四岁的李准竟跳起来
拍我的鼻子。接着他的鼻子冒血
第二天上午我挨他哥哥一顿暴揍
大人们说榕树上的花大姐，那
灰翅膀红点的虫子，烤了吃治病
我不肯。白萝卜煮水倒喝过十几碗
初中我纠集同桌，和邻班的卫东
操练查拳、初级刀、短棍，虎虎生风
虽是些三脚猫功夫，也能马步冲拳
八九百下。胳膊粗壮，肾气充盈
感觉自己能按住地球，不让它转
心知不能。但这世上，坏人明显少了
要是哪天我当够了好人，一定能
做个够格的无赖。别人拦也没用

幸好，那样的事没来及发生

2020年6月13日

晒 书

那本书多年来
一直躲在一大摞书的底层

那本我从未阅读过的书
或者说——没来及阅读的书
竟然空空的,像来世一样空

它不可能什么都没写
那本被蝴蝶标本吃光了字句的书

      2020 年 6 月 16 日

在管庄看地图

早晨太阳开始照耀北京东郊。在管庄
我看见中国,仍旧像雄鸡那样高啼
大海,占地球百分之七十的海洋
碧绿,海水翻涌出灰白,像在
为什么兴奋。像在为什么难受
北欧小镇,疫情调试人们的抗体能力
北约与俄罗斯,似乎没到拼个
鱼死网破的关口,起码眼下不曾
但是对抗,秀肌肉,可排遣寂寞
中东历史绵长,地形复杂,婴儿出生
个个紧握粉嫩的小拳头,不知是
握住了未来还是握住了炸弹。南亚
多国边境频频告急。根据面相
莫迪总理不像一个能打胜仗的统帅
这世界愁人啊。美国版图照旧霸气
如一架为利益随时呼啸而出的轰炸机
阿拉斯加像一扇机翼还没拼装上去
台湾蔡英文博士在静音设备质量较次
的演播室演讲,谈道理。可是
大陆的道理肯定比她的道理面积大
人民是英雄,但大家

心里明镜似的,尤其到了需要
用哪个总统府、王宫,去换
一碗泡面或果酱香肠面包的时候

      2020 年 6 月 28 日

好同志李白

云想衣裳干什么？它连
巴黎时装周的衣裳都不屑于想

云的边边角角，给一大堆
顶级服装厂抢去做原料
都绰绰有余。花也不想容
不羡慕美人两腮的脂粉

宝剑假如不在敌阵中画出
梅花万点，落日残霞
它也只是一件道具

李白昨晚说，的确
洒家不小心为小学课本，弄出
七七八八大而无当的文字
欠妥。我全按了删除键——

2020 年 6 月 28 日

在那东山顶上

每次读到这首诗,远方
一片空蒙。心就柔软,痛

想那仓央嘉措,他泪眼蒙眬

东山是天下所有的山
玛吉阿米是天下所有的好姑娘

那幽幽的吟唱,吹拂格桑花
乡村,田垄,白墙的院落
那伤感的哈达滋养你我

久病的他,无力再行
陡峭的山路。玛吉阿米
也出嫁了,成为一个妻子
众多孩子的母亲
她的秀发被生活揉乱

千年的菩萨无语望着东山

2020 年 6 月 29 日

我们为不为她祈祷

默念是我们的祈祷
我们的祈祷也向着濒海的远方

除了时不时躲进白宫地下掩体的
特朗普,我们为不为美国人民
祈祷?暴乱已蔓延到华裔社区

太太那位朋友家附近,枪声啸叫
声音带着钩子,海风吹着屋顶
睡觉时也怕子弹突然
击穿脚心。我们为不为她祈祷?

五年前借走我家的全部积蓄
移民了。在不可知处
收缩为海上漂移的斑点。接着

我太太重病,急得我撞墙
她的朋友藏在自由女神像
衣摆下面的微信里,两年联系一次

我们为不为她祈祷?那人曾说

我会还钱。我也是讲良心的人

良心？呵呵。我的瘦骨嶙峋的心
如今我的字典里信任成了颤抖的词汇

我们为不为她祈祷？太太犹豫
一下，说，我们还是为她祈祷吧

2020 年 7 月 1 日

车行路上

从校尉胡同向南,左转向东
建国门,四惠。通向我家
通向通州,天津卫,渤海湾
通向普天下任何地方,尤其是
标志性建筑。一体化,地球村
放之四海皆准的现代真理

作为真理的一部分——我的
年检过的车,在4S店清洗过的车
档次虽低了些——马6。路权
却与宝马、奔驰、兰博基尼一样
不是因为警察的心情好才绿灯的
好心情有时就像比时光还快的
一块金表,帽徽,闪闪发亮

前面的车加油,后面的该跟上
前面的尾灯亮,后面踩刹车
不然出事故了只能怪自己脑袋不结实
直行,变道。漂浮的天气预报
阳光把雷雨在大氅后面掩藏得很隐蔽

车头向着贵友大厦,或紫檀宫的烛光
晚宴。向着夫妻相顾叹息,一次欢爱或
一场阴谋。向着政治学经济学的肠胀气
地球是一个思想,你看不清它的翅膀

我去协和医院东院,取太太的
复诊结果。打道回府。世界躁动
山呼海啸般,没有什么不在晃荡
广播里那位粗糙的黄头发总统
在拉什莫尔山,自诩他的拇指
比别人的拳头大,就任性地
在五大洲开罚单。把我

这样的守法公民,人畜无害的一天
搅扰。我天性如此,我磨损厉害的
轮胎,有意无意,压线在他的推特上

2020 年 7 月 4 日

忽　然

忽然在你的睫毛上。一眨眼
它飞起来——我说的不是犀牛
它肥壮的臀部转动也不是

忽然是诗学之一种，不能过长
哪怕稍微有点长
一个字破裂为偏旁部首
横七竖八的字母
它重新被组合已过了若干世纪

那位皇储忽然倒在地上。一只
意大利皮鞋的精致绊响了火药引擎
和平鸽的喙与稻穗连接的部分
忽然的枪响，第二次世界大战
就不需要理由了，比忽然更短

爆破音，仓促，甚至见不到尾部
用纳米计量。一次变脸接着下一次
所有的预案，瞬间交给瓦解
微信点发送的刹那。20倍，更多倍音速
病毒出现。细菌调侃显微镜

突发的呼救抵达唇线之前
事物和其他事物撇清了关系
神仙的莲花指比画着街道
恐龙从化石中挣脱出肉体

乌鸦提着灯笼给夜行者照亮
生物个体,生的时刻与死的时刻
它们的所有过程都不是
科学与反科学围绕同一个圆桌

灵感,你想抓住它的那意念
和别的意念互换了名号
文章的前一句和后一句话的
连接处被大量遗忘充满
忽然,和什么都不是忽然

2020 年 7 月 10 日

蓓蕾状病毒

大家都这样了。还奢望写一首
无可挑剔的诗多么不合时宜
惶惶不可终日,似乎是定数
我查查《黄帝内经》。隔七八年
来一次,虽然并非好主意,却
只能认命。睁大眼望着自己能否
见到明日黄昏的人,竖起耳朵
一声咳嗽绊倒一个勇士。盗贼
此时最想做的,是把自己身体里的
病毒盗走。破折号的病毒
蓓蕾状的病毒,视觉上残酷到
足以让马其顿方阵丢盔卸甲的美感
奔跑的、逃跑的、人们粘着
泥土的鞋子没能追赶得上的病毒
高超音速飞机无法追上的短跑
或长跑名将。他不停下,终点线就
没有意义。他说,我毫无兴趣
与一向自命不凡的诸位有所交集
我是这星球上比人类更早的客人
她说,我有我的生存权。如同你
它说,慌慌张张的人啊,你是谁?

大亨与流水线上的工人要算算账
看谁欠债更多,谁的价值是负数
对于我们,那第三人称的病毒
它们对自己可是惯用第一人称的
人称和对错一样,是个伪命题?
显微镜下才肯露出面目,人们视力弱
宽恕人类吧。病毒生活得妥妥的
它有时不幸落在你我的道德上
指责是弱者的专利。强者忙,顾不上
章鱼用整个身体呼吸。想知道真相
永远需要你多活一刻钟。黑手党和
拆白党。你熨得平展展的燕尾服
后背上的风雨飘摇。昨夜生死之战
胜出的是我?或另一支球队?或仅仅
是那只被踢得鼻青脸肿的皮球?
现实,达尔文和霍金彼此的问候?
以前与未来,都可以成为 2020 年初的
一天。发现,发布。成功和耻辱
谁的胳膊更粗?更坚挺?黄金,美元
石油,多巴胺?帝国荣光像叠皱了的
床单一样给放进橱柜?永恒
是思想的事情,肉体可不听那一套
过于流畅的诗歌遮蔽诗歌
括弧像购物筐把行为概括了进去

被涂改的脸。他看见一个自己倒下
又一个自己挣扎的不堪之状。所谓
荣誉的冠冕还在喂养一代人的野心
天地大慈悲心。咀嚼的动作
有时突然停止一下，老者的额纹
辐射在婴儿面部。肠胃的哭闹，如
乐队的新手练习着意识形态的铜号
真理是除此之外的选择性遗忘
马尔萨斯出现在阒无一人的广场
一阵腥风从中世纪刮来。万人灾难
早餐的洋葱头和预言？以往的死者
四处穿行。实验针剂培养锋利的
见习护士。某某音乐大厅为椅子
为灯光演奏。蛊惑。胡言催生乱语
他们责怪活着的人动了他们的细软
天空刚濯足，雄鹿的角枝体验疼痛
舞干戚的刑天的威武再次出现
口罩，防护服。人类在行动中
有什么冒犯了他们肺部、肝部的
城池，他们的等等要紧部位
还没学会和病毒和谐共处。地球
头上的虱子。理性工具。反逻辑
国情咨文。被倒过来宣读的
救世主张。石油定价权。英雄主义的

梦想,比金帐汗国、奥斯曼帝国
膨胀的梦大得多。股票正上涨呢
也有熔断,切香肠般地切入
这次病毒放马过来,也并非
趁乱掠阵。岁月拉下脸。一千位
科学家围绕一个危险的沉默敌手
提出厚厚一摞让步条件。疽痈
创面。身体亮灯的部位。中医
所说的炎症。冰川的并发症
潜能,其实活着已纯粹侥幸
维生素,延缓衰老的阿司匹林
2020 年开端,人类与冠状病毒
能否算作一个阶段性命运共同体?
对化妆术和美容业的批评
实验室。中东交火,认死理的
准星,随意闪亮的将星。大官
和器官,树叶和肺叶,果实和硬块
这次大瓦罐不幸只能装到小瓦罐里
人和病毒,很难说是哪个方程式
入侵了哪个方程。变异。代际
谁是乞丐?谁的帽子里窜出蜥蜴?
举起的手多过投票的手。谁在祷告?
谁以善良的名义领取赏金?信仰的
头颅,布满街道的便帽。明天是

不稳定词。抗体如电子车票
除了寂灭,别的基本都吧唧着嘴
尝试过了。绘画在墙上发表演讲
海里的鲨鱼,你不懂而已。一把
尺子,从这边开始丈量是自由
主义,从另一侧开始是极端主义
乌龟背着水井它自己渴死
北美、西欧,印堂发亮的政客
眼珠转动轮盘。或者大神,巫师
或者强盗,船头的旗帜上飘扬着
锯齿。肤色,种族,来自不同星球?
名词爬满修饰语的锈渍。赞美与问候
更适宜短句式。一些人的心脏和
下体同时紧缩抽搐。思维脉络
断裂式。分餐制。哑剧。撕纸的
声音,撕毁支票和撕毁债务的企图
朝前走同时朝后走,时间是筷子
的弯折,汤勺撞击汤盆中猪腿骨的
声音。音乐怕了它自己。恐惧中
透露出的希望的秧苗——草色
遥看近却无。谁的力量显露
好像鲸鱼露一下脊背?福音书安抚
《圣经》里的末日审判,每天。每天
可是,容我把面前的晚餐吃完

把嘴角的汤汁擦擦干净。不掉一个
饭粒,在这饥饿的地图上

2020年5—7月

地理课和生物课

儿子要上地理课了,我
画出一张"井"字图——
北面朝阳北路,南面朝阳路
管庄路三间房东路分列东西
瞧,咱家在这儿。儿子低头
貌似很认真地瞅了瞅

具体位置?北京东北部
北京踞于河北境内,华北区域
中国在亚洲东部。地球归属太阳系
太阳系在银河系一角。银河系
是宇宙的几千万、几亿分之一

儿子蔫蔫地,蜷缩了一下身体

我们再看,宇宙的银河系之太阳系
之地球东部,中国首都北京管庄
居住着一位叫陆圣得的小朋友
十四岁不到,个子已经比爸爸高了
他是父母唯一的儿子,非常受重视
聪明好学,成绩还不错。将来一定

成为优秀的科学家,乘坐太空舱
到茫茫宇宙把所有秘密探个究竟

儿子顿时觉得自己高大起来
挺挺胸脯,双手做出整理背包的
动作——也好像命令已经下达
他马上要登舱升空,闪亮整个夜晚

2020年7月11日

虚拟婚姻

很多意料不到的事发生了
那么意料到的是否就不发生呢?

2120 年,我青春英迈
准备拼足力气谈一次恋爱
当然那时候,不少人网络婚姻了

她皓首明目,编程设计般地
善解人意。我们就紧锣密鼓地
过起了从未谋面的婚姻生活

感觉像如胶似漆的伴侣一样
不过在网上。异性之间的亲密
动作,无非这个那个不及物动词

抖音,直播,感官主义的她
通过伽利略程序,表达更肉欲
使我儒家道家的含蓄有所不适
但繁衍后代,在契约条款之内

对方说,生个天下顶漂亮的

我说,凡带个"顶"字,都
比较可疑。还是普普通通踏实

对方说,生聪慧的。我说
人类太聪明才把自己整成这样
每个人都细瘦成了一条信息
像拖着长长尾巴的绿豆芽

夫妻见面,全免。激素顺着神经
集中在指尖——点击。急速频率
乃至于两点之间的直线
都不是直达,都像歪曲

彬彬有礼的吵闹无休无止。一次
忍不住骂了娘。当然,骂娘和
骂计算机没什么区别。我想想
还是太不绅士,就删掉脏话。鼠标
点错了位置,黑屏。就这样不小心
把自己这个人从地球上删除了

2020 年 7 月 11 日

彼得的礼拜日

守林人的儿子彼得
明天要开学了。他要写
假期的最后一篇作文

断断续续传来——父亲
在隔壁木屋里的祈祷声

写自己的真实想法？老师
教导过。但真实是什么呢？
墙上挂着一幅地图

猛一看，地图像花花绿绿的
草地。再猛一看
地图像一张布满癣疥的兽皮

彼得的真实想法：到火星生活
没有夜晚，白日挨着白日
游戏的时间不受限制
棕熊改了骚扰人类的坏脾气
一按电钮，病毒四散奔逃

他还没想好,是自己去
还是带了镇上的卓娅
和她脸上的雀斑一起

他的手持续忙碌在
复杂的仪器和操纵杆上
这样,他爱咬指甲的老毛病
也没有机会再犯

      2020 年 7 月 20 日

十二背后*

大山里的一个孩子
那个六指男孩
九岁了,连书包都没抓住
他还能抓住什么?
家里穷,父亲生病
一个人能用手背抓住什么?

2020 年 7 月 20 日

---

* "十二背后"是贵州一个山区,过去很穷,失学儿童甚多,现已大有改观。

树的教育

这是我 42 年前的校园
这是我执教 20 多年的地方
退休了,忍不住回来瞧瞧

好安静啊,坐满学生的教室
一样安静,满满的绿树绿色的安静

我慢慢走,读着一棵树,又一棵树
它们的胸牌。白杨,法国梧桐
核桃树,紫薇,白皮松,马尾松
红色与白色的玉兰在主楼两侧
花期刚过。它们的科、属,它们的
历史和习性。忽然有一种感动

它们比以前更粗壮,更茂密
它们从没有移动过,却在
这几尺见方的地方成就了自我
或许就是事业,或许就是使命

它们身躯不佝偻。平稳地呼吸
坚守阳光和风雨。不觉中已到了

图书馆门前。我坐在
条木制成的椅子上。像初次到来
那样打开一本书。像我的年轻

    写于2020年7月24日下午,
    从母校中国传媒大学回到家中

佛山祖庙*

祖庙居于佛山。在禅城人的簇拥
与揖拜之中,在远行人心里
出于必然,出于血的温度,和
突如其来的对自己的不信任

祖庙,一座心形建筑。东方大运
及纺车、麻绳、尖底瓮,及其他
物象的拼图,帝王平民之合谋

出发之地。一种疏离也可比同
一种亲近。比同致敬,应答
问候的往还传递,相互依存
佛山的佛如四散在地的碎银子

彼此证明或不证明。帝祚衰弱时
也妥妥躲在它内室暂避风寒。比同
记忆的倔强。站立是坚持,倾圮

---

* 佛山祖庙,位于广东省佛山市祖庙路,北宋元丰间(1078—1085)始建,后人屡有修缮扩充,现为一座体系完整、结构严谨,具有浓郁地方特色的庙宇建筑。占地面积3000多平方米,国家AAAA级旅游景区,被誉为"东方民间艺术之宫"。

倒下是它的另一种，一种假寐
比同海浪，一排排把自己推到更远

天雷地火之记载，褪去衣装，像
把自己全身皮肤都脱了个干净
风中飘荡的纸片，是谁的命？

这重新整饬的牌楼，阅尽人间，和
人间的注视——早春或凛冽的时令
瞥过我的来意时已略显疲倦
子孙其实也没那么要紧——
这话别轻易出口。紫霄宫阙
一个我进门另一个我正好出来

德是一种善。死有时也是
祖先赶在我前面

他们不断老去，在儿孙身上
重新发育他们的声音与肉体
春风忽然被吉祥树摸了一下头

关怀来得绵长，或突兀，如剥蚀
如惊吓。手心遭到戒尺或
不明器械的轻拍或重击

季节花开如红肿

今天恰逢童子开笔之日,笔帽
遮雨之帽,官帽,心思的密道
康有为、梁启超在墙边的石凳上
读过书,笔洗、印鉴
温良和顽劣,孝子和家贼
我行囊中的键盘敲打自己的姓氏

西樵山,古代的炉灶不停烧灼着
古代柴草。肉食者与食草动物之间
的消长,关系暧昧。动态的我在一个
动态的石磨中旋转旅程和机票
我也曾砌起北宋年间祖庙的
第一块砖。不然就是第二块

台阶。秩序的界面。众多的膝盖
朝向你,有的跪有的不跪,有的是
跪与不跪之间的姿势。谁将四肢
放大为四季?五行在天,归位
五官、五脏、五体、五经
灵应祠碑文的断章取义
或选择性陈述

孔学在年轻的脑回中翻检。前世
谁在你我的前方，放了铜鼎、夜视镜
放了一枚祈望升值的比特币？

光阴照亮的劳动，双手，抱拳或
自己和自己掰手腕。犁锄中的铁
和斧钺中的铁，谁是谁的兄长？
谁是英雄和锈渍？抓住黄帝或
蚩尤的要害？敕命，州府之命？
族群的密码或乞讨的带豁边的碗？
屋脊上的才艺。谁在危险的刀刃上
舞蹈，忘了衣襟上纽扣般的灾年？

被艺术抽象——三十种兵器列阵
大堂气象森严，所以瑞兽祥瑞。天空
校准罗盘，阳宅的风水。套院。闺房
隔间的木雕、砖雕、瓷雕空隙中的风
屋脊唯美，开启心窍的创造动机

泥胎还原出昔日的旷野，田里插满
秧苗和小腿。豆荚烤出敦厚味道
他们中的谁保留了原色，在南粤之南？

一种意念中的吉祥托向云端

训诂学与直接现实的边界。燕山
雪花,冷月上滴落一队遗精般的溃兵
战争——和平时代仙界玩腻的游戏
史学是关公和华雄之间的一杯水酒

庙堂与江湖,启智钟前,红顶和绿帽
在兴衰中互证,相互竖大拇指
错愕,那一刻反复穿透我单薄的身体

殿试上的笔走龙蛇,算盘珠旁
打滚的谋略大师。阿公抱着的
带官窑标记的瓷瓶摔碎于途间
阿婆放开小脚成大脚,同命运赛跑

主道宽敞,失神的小径给骚客借去
打结为饥肠和愁肠。万福台边
生角与丑角生殖同一部戏剧
《薛刚反唐》落幕,《唐明皇游月宫》的
锣声已响。台下的我冒领台上的我
像误解一部存在主义的评书

岁月合围,它们那光芒的黑髭
由后人滋养,黄飞鸿号令门前的
铁狮子舞动。李小龙的拳头已经发芽

我的祖先，躲闪在一门技艺身后
打造房屋和棺木。扁鹊和《易经》
相互诊脉。枇杷香甜，一只番薯
表皮上的坟墓訇然裂开。被供奉的
水神，由于江河的速度，大地飞向半空

我的视线也曾向西越过巴蜀、中亚
仰观一种文化的伟大，同时看见
维纳斯的美丽，她的断臂是主语

人民的手指间，星光隐隐作痛
一条桑蚕正为理想拉丝织布
祖庙，你的驼峰与斗拱，俯瞰
锦香池中，两条鱼互噙对方尾部
正午时分谁又敢斗胆狂言
这竖着的旗杆，是虚无在飘扬？

把你那隐秘的力量递给我，通过
凝视，冥想，只能心会的数字
那电击的蛮力。饥渴的龙鳞
比东方的广袤更真实可把握
我们对于自己其实正是他者

我和世界隔着记忆和一些遗忘
终是同样的余火,还是灰烬?
光明无须宽恕?我到此,鞠躬礼谢
我埋藏的无法取兑的金饰

未知和明日。吐纳。取舍。而你
回归汉字,或几个单词聚拢天下

我一拜:寻根,归属,皈依
再拜:赎身,辞别。相忘,相念
谁的车辇已从天边隆隆驶过?

2019年初—2020年8月写于佛山、北京

抄　袭

我的小儿子在写作业
把书上的字抄在本子上
抄着抄着抄成了他的哥哥
抄着抄着抄成了我

我把毕业感言抄成了就职演说
抄成大学课堂的讲稿
让几百上千的学生跟着
抄人生，他们的路途
他们所有的不甘与隐忍
都要由别人打分，给生活打脸
然后相互抄袭苦涩的表情

但是不要把网络抄错成病毒
把和平的飞鸟抄错成战争的
飞弹。尽管把一位美女抄成
龙钟的老太太在所难免

钟表嘀嗒的声音不得不重复
枯瘦的布满老年斑的手
和拐杖之间有一个抓握的动作

金融家抄数字,总统
模仿前任的签名
河流抄袭水,海洋抄袭蓝色
这星球是谁的复制
粘贴在太阳系一角?

  2020 年 8 月 4 日写于东营

大阪小说

小说是小人物的言谈。小说
是坊间的闲言碎语。除了
以休闲散淡为业的人们,谁听?
(我是个怀疑论者的中国学人)

据传这小说曾被不经意封存
——幕府时代的檀纸酣睡
两个陶罐对口合闭。它在广岛的
稻田、长崎的水边埋没,幸运躲过
核弹爆炸的灰烬,辗转流落
(故弄玄虚?酷炫?卖萌?
它命中注定的流传所为何人?)

东亚大陆像簸箕簸谷糠那般
面朝大海,列岛无根漂泊
海面凸起的条片状陆地。宿命?
暗示火山爆发般难以测定的
诸多可能的结局?问句?只有问句
(历史地理,有时被如此粗暴地
简约,笔者颇含愤愤不平之意)

主人公在攀登文字的山岩,那山岩
陡峭到足以将人的五官与常识削成平面
模糊不清的脸。那人行走,途经
古埃及、希腊城邦、佛罗伦萨、马德里
柏拉图与孔子典藏,双轮马车,鞭鞘
指着所谓贤者智慧的面具。我在
那些早熟的宫廷内扮演过侏儒和小丑
(插图:一个狰狞骷髅的旗面
世纪们,纷纷然从那空洞中穿过)

蒸汽机起初没什么,相比它后来的
不可一世。计算机,精密仪器,光刻机
一纳米和一光年也许同样远。强权
黄金。贬值于债务债权转换中的货币
(文中夹杂像是量子纠缠、量子叠加的
若干公式,类似外星的字符)

哲学由康德的星空到中产阶级趣味
共和体?民主制?NO!美利坚
匆匆过客的角色已无悬念。正手反手
雅利安人的机会也不再有。民族辉煌
上天赐予一次已是福分。土象星座
与海王星正形成吉凶交替的漂移的夹角
风,微风走着走着走成飓风。走成无

美感？或许？（想象。认知。犹疑
在此，作者与笔下人物发生了龃龉）

那戴钵卷的男人，穿和服的男人
在火山岩屑上眺望，用海啸日日淋浴
试把命运像旗杆那样握在手里
天空破裂，鱼群凶险。除了马里亚纳
海沟，仍有无数海沟饥渴地蛰伏大洋深处
是否伊豆舞女因此手脚轻慢
表情略略呆滞有所思想？危机感的
波浪将不断拍死优越感的波浪？
喇叭口状的火山口嘶哑，喷吹着残霞
（$\underset{\cdot}{S} = \underset{\cdot}{\log}^{W}$。神秘的公式？民族的
选项？为什么下面加了着重号？）

我在唐朝最好的时代学习了长安
伦敦华盛顿暴涨之力量——汲取
我的血脉已输入足够生长。资源之争
宗教的仇杀最终图穷匕首见。种族屠戮
生化战争，基因突变？世界肌无力，谁来
扶稳她的身躯？腐败的大地，乌合之众
让人信与不信都感觉一场惨败的信仰？
剿灭时而等同拯救？谁徒然翻着眼白
翻不完黑夜？情义无价，无价就是不值钱

关公的青龙偃月刀也做不了三国的
开颅手术。问号如戟,曾砍倒无数人
(作者的叙述语气愈加强硬。慢
将成为快,轻航母将升级为超航母)

那斜体字写道:不远了。要来的终须来
我的陶罐,我深渊般的书写,只有我
全部的血液才能为它赎身显形,必将曝出
众人的罪恶与颤抖。和我有缘的读者
人类啊你在何处的危险中平安?
数亿年,几多文明自戕陨毁?排着队
彳亍而行。尽是些找不到出路、没出息的
文明形态。今日之高贵且卑贱的地球生物
能否延续?能否比以前稍稍出息一点——
比小脚趾还小的一点?(这诡异之作
居然完稿于——我染疴殁灭的 2044 年)

2020 年 7 月底—8 月初

黄河入海口

说这不是最好的季节。待十月再来
但对于我,任何一个节令
都是最佳首选。你的黄河,我的黄河
我们幸运的共有的黄河

宽阔的河面如行进着千万人的队伍
激烈的河面,如上天与神共同的
极度眷顾。黄河入海。如洪雷的
集合列队,滚动。迅猛的爱
推倒一排排时间。这一瞬胜过我的一生

神一般的巴颜喀拉,意志。泪水般的
巴颜喀拉,仁慈。水,古老,必然
我看见神的食指——指着劳动
所指之处,冰雪有耐心地消融
母亲乳汁般的圣水。流淌,愿倾尽所有

溪流,吸吮过母乳之后,满足地
自母亲光洁的腹部滑下,试试腿脚
跳荡着、踢踏着,一路奔跑,向东方

晶莹的,贵重于宝石和其他
一切价值的水。带着种族密码和
矿物质含量的水,带着使命
滚动着铁和金子的致命辞章

碾压了谵妄的箴言、巫术
从篝火旁、刀尖上掠过的
滴血的大把岁月

狂放的水,隐忍的水。穿过虚无
穿过苍老的豁缺着牙齿的光阴
穿过恶毒的诅咒和无以复加的赞美
在山东半岛,这个叫东营的地方
入海而回到青春

涓涓细流。汹涌。皮肤的颜色
农耕文明的黄的底色。犁尖的锐利
在壶口瀑布,我见到水的骨骼
见到她临渊长啸,站起来
她义无反顾地跳崖的方式

就义的方式。我倾倒了大梦
和想象的玉制酒杯,在她裹挟着

翻滚着泥沙的波涛里看见国土

看见父辈满脸的沧桑,粗糙的皮肉
和紧攥着未来的牺牲,和悲喜之状
水的流动是血液的脉动,奔突的
延展。唯有她的衣襟飘扬,旗帜
掰开星宿的硬核,教会我言语

不改色,不改写。几千年
在这水天相接处
完成了她与天空等高的誓言

悬空寺的主题,不是空,是凛然
向上攀缘。鹳雀楼再上一层楼
是唐诗,豪情,是穷尽人间的眺望
其视力之极限,正在我今日站立之处

灼热感,纵深感。黄河是纵揽江山的臂膀
捣衣声,羌笛暗飞声,战马的嘶鸣
飞天的飘带,王朝的鼎盛与无可救药
把强敌推出疆域的愤怒的手

这地球板块冲撞、挤压

掏空不了的腔肠,隧道连接桥梁
龙,图腾,非如此不可的超现实
浩荡,巨大的肺叶,横贯古今的歌
同时化作亿万人的呐喊和生命

壮阔的河面如行进着的千万人的队伍
朝前方赶去,千万个浪头如千万个
人头,航船与水手,漩涡和英雄
即使砍头也要蜂拥向前走的头颅

荻花,芦苇,一万九千亩的槐林
油井,太阳能光伏板,风力发电的
旋转和速度。这明媚的愿景把
每一声白鹳的啼鸣擦亮。其中
也有我倔强的肉体和滚烫的眼泪

黄皮肤的浪,鲤鱼、鲫鱼、黑鱼
刀鱼穿透她的胸膛,跳出又返回群体
击响太阳的金箔之声。她冲进大海
融入大海,她就是大海。海洋上的

蓝天。阴晴明灭。崩塌了悬崖和困苦
大海等候她,拥抱她

归还了她的清白之身

2020年8月7—8日写于东营

鬓边的风景

昨夜微恙。稍早睡
拉过梦的一角,盖住腹部
大雾弥漫蒸沸。水边系锚处
极目望,一个个孤帆远影

仅剩的五六根白发,弹拨
七秩八秩的曲调
历史的眼窝可浅可深
我的酒肉朋友和笔墨朋友
越来越多进入"碧空尽"之终极境界
我熟悉的声音,传来邀约阵阵

我一边答应一边翻身上马
抖动缰绳,口吐虹霓。嘿嘿
远影孤帆的快船,到底给我追上了
天空已跌成一地碎片

写于 2020 年 7 月 28 日
8 月 10 日修订

稠密的日子

二十年了。日子稠密,我都
懒得数了。我家太太可是一个
勤快人。我的剃须刀是她送的
明白啥意思了?青春尾巴留不住
就主动把下巴上的岁月刨掉

我学电脑,她教的。五十九岁学开车
现在是她的专职司机。总之跟着她
一溜小跑跑进了现代生活

"没有我,你会落伍到十八世纪
甭上火——对肺不好,对肝不好"

瞧瞧,上我的圈套了吧?其实我
无心怪你,这会儿只想看看你
急赤白脸的样子。有点情趣不行啊

亲爱的老公,咱慢慢过
前面日子多,一箩筐呢
我松口气——松掉许久未消的闷气

陪着她,和她一起朝箩筐走去

        2020 年 8 月 10 日

太太养成记

太太家居苏北小城。不小心
考了全县第二名。南京的学士、硕士
北京的博士。刚来京城,爱吃烤鸭
一直说嫁给我,是烤鸭的功劳

第一次打车,和老家谈起
办银行卡的事,通话吐字清晰。除了密码——
姓名,卡号,身份证号,手机号
全让开车师傅听明白了。师傅叮嘱
姑娘啊,这样容易害自己哈

又一次打车,司机故意绕远
我当然不干,据理力争。我和他的
脑袋差点碰撞在一起了。太太
死死拉住我的双手。如果师傅
性子暴烈些,我非给打成猪头不可

后来,见人不再矮三分了
天安门也敢抬头看了。维权
意识增强,尤其面对我的时候

我们的生活幸福无边。以前她
做饭带孩子。比萨饼,烤羊腿
法式面包,边读说明书边操作
后来一边生病一边辅导我
惭愧的是我一直甜咸不均不及格

孩子考了一百分。她夸耀——
瞧瞧我儿子;考了七十分,责怪我
——你这什么遗传基因呀?

之后她会问,娶我后不后悔?
我答,不后悔,我媳妇金不换

拦不住别有一番滋味在心头
——如果真的把她换给别人
我的罪过可就大了去了

2020 年 8 月 11 日

朋友要去科尔沁

朋友要去科尔沁,美丽科尔沁
他的背上要长出马的长鬃
我必须留在城里,开我的老年代步车

人类插手地球后,发生许多事
史书是一只倒扣的大碗
里面骰子的点数,让我们猜

马在奔跑,它按下河流、山岳
将一首歌从中间穿透。马的奔跑
刨出了埋藏地下的万千马蹄声

它回应着风的远处,闪电响鞭里
有马嘶,明亮与记忆
咀嚼层层叠叠绿色。马啊

如龙奔突,冲洗了疲倦,释放
所有比喻,喑哑,黯然。我喊
那匹马,我想做那匹马。可我不配

朋友说,一匹神话中的马

拉着科尔沁离开了那个地方

2020 年 8 月 12 日

开 片

2020 年不一般
世界抛出大大的不一般
我端着小小的不一般
相互对视,像无恨意亦无爱意
时势纷纭,竟蜕生出近百首诗篇
疫情。洪涝。四周的战火
伴身的病妻。我的频频起夜
双臂疼痛,凌晨的咳嗽
词句的虬枝胡乱生长
攀爬在纸媒和互联网上
还有些在遗忘边缘打转的言语
被读者私藏,时而翻检出来晾晒
有的如隐疾,轻轻一按
酸胀如记忆。我想起唐三彩
那密布的华丽且脆薄的开片
我的诗歌,开片般具体、细碎
它低吟,它抱紧瓷器饱满的身体

2020 年 8 月 20 日

是夜饮酒

明天是我的生日
六十四岁生日,不可无酒

第一杯,敬我父母
带我来世上,苦吃蛮作
我面朝西南——洛阳邙山方向
再拜,流下热泪行行

第二杯,祝我妻子病体康复
有力气把笑意和菜肴一道端上桌
儿子能从游戏机里蹚水上岸
赚个比我稍好一点的人生

第三杯敬我的朋友,尤其是
被我无意伤害过的人
我内心的感激和痛苦胶着
我的诚意,比这酒杯更满

敬天地之大,使我自知渺小
大,取我所需。我因为小
而不至于惭愧到没脸活下去

最后我要向酒敬酒
美好的夜,英雄的胆
你给过很多人。你慷慨
从不介意我把满满的杯子喝干
从不骂我是个酒鬼

      2020 年 8 月 22 日

时光从四面八方涌来

脚跟追着脚跟,时光正从四面八方
朝这里涌来。还有天空,还有
大地的方向。飞鸟,飞毯,飞蛾

飞鸟一面飞一面为自己的叫声数数
飞毯飞着飞成了飞机。飞蛾扑向火堆
春秋的轮毂,也许比唐朝的五花马
先到此地。长安如今叫西安
地球把脚藏起来,用头颅走路

山鲁佐德的嗓音不停传递着。今日
恰好是第一千零二夜。瑞士手表和
大本钟旁边的天文台仍然坚持自己的
时间概念。普林斯顿实验室保留加速度

只有道义和信用踌躇不前。它们伏在
时光的巨大翅膀上,有的摔下去
有的借势斜线而行。各种颜色、形状的
时光,有的以我们为食物,有的
饲养我们。我们正常,也许奇形怪状

苏格拉底的木桶重新在电脑里出现
我们在一次论争中打了两个败仗
娜拉出走时"啪"的一声把易卜生的书
合上了,她回不去了该怎么办?

孔德走错了路,他的名字和姓氏
不小心分开时遇到兽医给国王看病
2022年来时,绕开一位物理学家的
烧杯及其真空环境,证实正义
与道德离开空气也是无法存活的
光阴永远找不到属于它自己的座位

不休息。巴伐利亚的蜜蜂
准备好了狙击 UFO 的编队集群
吃白饭的颤巍巍的和平。我们
餐桌上的食物正被反刍成经验哲学
一条消失的撒哈拉沙漠的昨日河流
缠绕在被黜公主的手腕上
一位印第安射手单膝跪姿,瞄准
黑暗中我食指和中指间的烟蒂

核反应堆注入燃料。埃及长老
探头看到芯片,把头缩了回去
河外星系的箭镞也向这里俯冲

亿万天体被微缩进几颗人造卫星

发现鳄鱼豆牌美肤膏,高位截瘫者
运动器,价格裹挟着价值奔跑
一条鱼长在另一条鱼的尾巴上
排列千里以至于河流。夕阳
在一匹大象的残躯上化成脓血
火山准备了岩浆的行囊

回忆偶尔切断自己的退路。假设
如此壮观,艰难。还有一些美好
和叫卖。一只青蛙懊悔,已经
把千年前那口枯井吹成气泡
公孙龙自言自语:白马非马
重复到累了,干脆翻身骑了上去

产自奈良的无印良品。转基因
转动着,玉米转成财富收割机
面对所谓的错误,人们晃了晃
随即站稳了自认为正确的立场
阿姆斯特朗的一小步,人类的
一大步。关键是——必须迈步
超音速,光速,统称飞速。代价
为了明天的 B 付出今天的 A

尤奈斯库继续用他的台词
把又一批歌女剃成秃头
靡非斯特的灵魂找到宿主
他的身躯横着在街上飞
像空中潜水艇。没有不可思议
时间的绣花针假如足够多
比大刀更厉害。莫非注定如此?

假如"莫非"是一个人的名字
那么我们呢?前辈们是消失
还是隐藏于我们的一举一动中?
或是来自明天的
混迹于人群的不速之客?

时光,你以往隔三岔五地
流来,如今结伙破门而入
把窖存的善恶之酒——那波尔多
或某处的酒桶木塞冲荡而开?
阳谋在酝酿中,阴谋附着在
葡萄表面,也能称得起上等原料

时光涌来。急匆匆黑着眼圈
铺设更多目的地不明的航线

安检,登机,把云彩割下一块
未来就是人总想跑到自己的前面去

我所保留的无用之用的忧虑
已经快用光了。是的,迅猛
向着这里踩油门,向着这一刻挂挡
公平不是这个星球的事,和初衷
时间之箭只射中了可能的靶心

快了,粮食危机的车
越造越美观。人们呼喊着乌拉
也忙于走进战火和饥肠
大地上所有的钟鼓将同时敲响
放射游蛇似的无数神秘裂纹

那位伤风许久、鼻音过重的元首
——当代西塞罗,褪弃古罗马风度
靴底朝上从演讲桌上下来
一个主义和围着它的主义们殴斗
抽象、逻辑,只剩半张皮
事物的摇椅压垮在它躯体上

未来的速度比回忆的速度更快
水的脚力火的腕力都要拔头筹

科学之手深入微生物脏腑地带
也深入自我细胞内部。映照
半边脸哭半边脸笑的尴尬表情
夹杂侠骨柔情的半新半旧

意义在哪里？无数新近发明
早已瞄准众多脑袋里的猝不及防
物质和暗物质，反物质却不是精神
火箭弹，太空舱，防毒面具
享乐主义分子驾驶一只海绵拖鞋
滑向天际外。纯粹。逃亡。有个词
叫远遁——比较文雅的贬义
听觉把鸟鸣拉成丝，丝绸的"丝"
士兵失去国土，只守卫手中的枪
金钱多得银行放不下，堆到病房
堆到贫穷的口袋中，堆到模仿的
模仿里独自叹气——何不顺应民意
换个不伤人类自尊的说法？

时光带着更多未知强行进入
快了。我的眉头紧皱又松弛
松弛又紧皱，种植鲜花和苦菊
只能说走着瞧，多走几步，试试
快了。快了。广场上那尊塑像

双手抱拳，拳眼中挤出冲天喷泉
又像举起舞蹈着无边欲望的火把

强势地驱赶地球流亡的时光
只是无法颠覆一首忧郁的诗歌

   2020年8月22—24日

今天的放射性

今天的放射性,四下里放光
过去,未来,都压迫神经
影响我们的体温和嗅觉
包罗万象日月星天。就说诗歌吧
唐诗和刘慈欣《三体》中的人物
行藏,都因着我们的好恶发生扭曲

对前辈贤达,态度务必好一点
谦卑点啊。你批评陶渊明、王安石
花间派,先把他的书多读些个
你能发言,他已经沉默
终已归隐,属于弱势群体

面向未来,我们的自信就
瘦小了不少。抗压乃必备素质
包括槽牙的咬合力。熵的问题
光和射线的强度,虚幻问题
电子游戏中的超强想象力
拎高我们的审慎,和
胖体形的求知欲

否则很被动,要脸红的。我的
第六感——上中学的我的二儿子
时而投来的不屑的一瞥。意思是
不就写过几首诗吗?有什么用?

这让我心里难受
却也像落枕似的,有口难辩
一首诗歌,无可撼动
成群的诗人,一触即溃

        2020 年 8 月 28 日

阿拉斯加棕熊

又到了鲑鱼洄游季节
盯着屏幕。我想,能称得上
英雄的,只有鲑鱼了吧?

它迎湍流而上的姿态
完全是牺牲的姿态。它和水对冲
像一把刀刺向另一把刀

完全不回头。在上游平缓河段
产下卵泡,再把自己的身体
全献出去——作为幼崽的粮食
没有人等待它的消息

棕熊在路上等着它们,守候
棕熊的胃。它高大、勇猛,扑跳
截杀,狂喜又紧张地抱住美味
像水淋淋的热吻似的咬下去

2020 年 8 月 28 日

新闻截图

美股,上证指数,资本市场的
平台滑溜,术语称之摩擦系数小
正配得上利润的水晶鞋旋舞。大选
拜登领先九个百分点——他像个
称职总统,却正在做一个失败的竞选人
怎么办?谁知道呢。矛和盾皆大欢喜的
双赢结局,最合道义。安倍继任者
不知会从岛国哪座房子里起身迈步
莫迪退休还早,麻烦在于进军撤军
都尴尬。季节四周是粮荒的纷纭
围绕和平的是炮火装扮成礼花的纷纭
新闻说唯我中华雄鸡唱彻光明,我信
困难只像秋后的几只蚊子嗡嗡叫
境外还输入了一位华裔哈佛女博士后
到深圳桃园街道做副主任,该褒奖
"90后"某处长晋升副厅——
由于立功表现。文图并茂的慢生活
清华开学典礼信息两天后发表于快讯
川蜀洪水,某堰塞湖,没崩坝
别怕。警察帮桂藉失踪农家子回家
幼儿的父母,一个哭一个笑

公墓管理员续写着就寝人士的编号
还有明星的大耳环经济家的老花眼
书画界与八十多岁老干部的上进心
以解放全人类为己任。天下一家亲
原来,全人类是一个人。也许
最多两个人。在上界的神的俯视下
两个人夜夜亲密,两个人日日打架

2020年8月28日

难得受夸奖

我有时写诗比较快
于几位朋友中颇有点薄名
那天小聚,我在
一张纸上龙飞凤舞
"又写上啦?"朋友问
"写菜单。"我头也没抬
"这字还蛮有功夫啊!"
"我练了几十年,就是为了
结账时候在老板跟前有点儿面子。"

2020年8月29日

季节的偏差

春天响亮,喜鹊衔着阳光
放声唱。诅咒别人的人
自己的内心该多么绝望
蜜蜂从春飞到秋,嗡嗡
采花蜜,在过程的规范里
它飞得一会儿高一会儿低
季节通过它控制了它自己
那知了怎么也不明白
我正研究的数字问题
数字平台数字模块数字城市
它用特有的音调长叹一声
不认识数字,也没找到
有着甜甜汁液的枝条
——我究竟错在哪里?
而我最终的思路发生了弯曲
喜鹊、蜜蜂、知了,它们
分别踩痛过三根、两根
还是同一根树枝?只觉得
我想象中的树掉光了叶子

2020 年 8 月 29 日

明日是八月的最后一天

明日是八月的最后一天
不知何时起,对这"最后",有了
耗子对猫科动物的敏感。周末
岁尾,清明节,包括"其言也善"
善始善终。包括今年写了
不少零零碎碎的作品
我慌张得像赶夜路似的

昨夜,也许是今日凌晨,胸口
憋闷,摸索出枕下的速效救心丸
七八粒,压在舌底,调整呼吸
幸亏老婆孩子还蒙头在睡梦里面

不是第一回了。抱歉,又没死
晨起岁月如常,小米熬山药
火候在一个"熬"字。凉拌黄瓜
咸鸭蛋切成两半。凉,切,两半
——这怎么听着有点不吉利哈
不提。不提。耳提面命的那个不提

朋友建议,硝酸甘油好使,药力大

平时多散步。疾走。打坐。咽唾液
不着急上火,最要紧。忌情绪起伏
山起伏,水起伏。就由它们起伏去吧

用硝酸甘油对付这起起伏伏的山水

      2020 年 8 月 30 日

美好的一天

早晨五点半起床,洗漱
牙膏泡沫,荡涤口腔——保证
一整天只说好话不说脏话
从冰箱搬出食物,搬进蒸锅
搬进肠胃,把自己搬到街上
致敬——黄渠地铁站,列车
一趟趟等过我。很多站牌
闪烁而过。灯市口站出来
丽晶酒店西侧,几株海棠
黄黄的挂着果,把我的心情
染了些绿色。致敬——医生
你等了那么多患者,终于
也等来我这病人家属。介绍
病况,接过处方。排队,交费
取药,忽然一种不该有的忧伤
涌上心头。天空飘然下起小雨
我把布兜抱得更紧,就像
太太的病体见到太阳
回家,到阳台抽两根烟
算偷个懒,犒劳下自己
下午带孩子买文具时

我才笑了,我看见他双手
握紧我的目光引体向上
晚餐豆角、牛肉、蛋汤
忙碌不停,龟状扫地机
几次咬住我裤脚不放。陪太太
出门散步,我在后面甩动大臂
也使自己的身体顺便强健
一只刺猬缓慢爬过土路,隐入
草丛。温良的生灵,世道艰辛
假如一根尖刺应对一次危险
你满身的刺怎么会够用?
——平安,小刺猬
回到家,我洗干净自己
落座,静心,喝杯开水
读一阵阿米亥,读一阵荣格
手放在夜的背上
为远方的亲人念诵祈福。设定
闹铃,明天是儿子开学的日子
我天天向下他天天向上

2020 年 8 月 31 日

搬运与乔迁

我对新事物,越来越多的不懂
儿子和我对打游戏
总是打得我落荒而逃

我能把电脑上的信息,转移到
手机上了。手机上的搬到
电脑里,却学了七八遍,长按
收藏,点开某某键。还是不灵

搬。搬运。是个好词,动词
连门前的老树根,都懂——
生命在于运动

我想过几年,把上中学的儿子
搬到大学去,把太太和妹妹的
病痛,搬进轻松,搬进音乐里

把内蒙古的铁矿搬到上海的钢炉旁
国企私企的账本,从树荫中
挪到有阳光的地方,摊开晒晒

那个被秃鹫、被死神紧盯着的
非洲儿童搬进舒适的幼儿园
白宫搬到伊德利卜,看美俄
土耳其的士兵攻打还是不攻打

我搬到旧金山、新德里,将那里的
民主和暴行,记录在案,一一
甄别对照。真相的黑,大白于天下
我搬回到我现在的家中居住

      2020 年 9 月 3 日

看 见
——有感诗歌的"发掘琐事中的哲学"

从没有里看到有
从有中——看到无
因入神看见了那个看见
一根弦索颤动于手指
于山峦的高

病中吟？落叶满地？众鸟飞翔？

2020 年 9 月 3 日

西　藏

　　16年前曾进藏朝拜，至今不敢诉诸文字。记之，惶恐不已。
　　　　　　　　　　　——题记

西藏。五洲之极顶的
众神倚靠你襟怀的西藏
你的足踝谁有幸触及？

雪山啊，骄傲的贤达之心
即使于人间敢夸丰饶
也不过一杯浅年份的薄酒
滴洒在哈达与经幡

十六年前，我趋近而拜
拉萨、日喀则、藏南、林芝
八月花树，落叶如箴言、金雨
三界静极——以天庭作顶的宫殿
万山似摆满的祭品拱立

我感觉额头有强光注入
感到遍及四海的文字，和我

无不在尘埃里——包括坚守
包括忏悔、感恩和赞美

说你的名字,至高无上
说你的名字,我俯首
低声,再低声
低到我自己也几乎无法听见

2020 年 9 月 6 日

地 铁

加速度的快乐。——假如
悲伤也是快乐的话。想飞的
钢铁的快乐。玻璃的快乐像
失身的快乐。肌肉纤维
感觉到丝丝凉爽的快乐

一道喊痛的声音远去
从我小腹,从地表土木的伤感上
从旁边性感小腿的光洁上掠过
我忽然摇手要制止——
我也不知道自己想制止什么

四面八方的注视的芒刺
明亮在车厢里磨得更亮
黑暗在外面将自己蹭得更黑
真理有时不知道自己对在哪里

拉手的余温传递,圆环的听觉
两片城市杂粮面包,惬意
夹紧的一根热腾腾的性感香肠

安全。规则。车站后仰
如时间蒙面倒下。目的地
最快的车永远是前面那辆车

思绪的马赛克,升起到脸上
广告上美女穿得比暧昧还少
谁用我领口的纽扣
把我钉在工位墙壁的
面无表情之前,或车厢连接处?

两半的我,黑白相间的我
你,他,她。交通卡中睡眠着
一个狂妄的家伙,一个卑微的家伙

数不清的心思的人流,出站
如呕吐,如不知何人的排泄
想愤怒,想抒情。你想什么
什么就鸣笛一声,在前面跑不见了

2020 年 9 月 6 日

台 球

一张桌子,如果称为球台
它就不再是一张桌子
两位赛手,焦点在那些圆球上

一个说台球只有头,我只好击打
它的头部。心肠太软只能输光
一个说,假如它长出四肢
难道我愿意瞄准它的手脚吗?

白手套在挥动——公平的白手套

        2020 年 9 月 8 日

乞丐和君王

明朝子嗣，出生即享俸禄
滋润。富贵九族。当然
世代相传等而次之。他们闲来
拼命交媾繁衍，开枝散叶
至崇祯时已数百万众
把朝廷吃得米缸见底。灾年大饥
若干朱家子遗，竟混迹乞丐群中
呼而嗨哟于积善人家门前
推揉破衣烂衫的同伴
要求优先得到施舍。还说
皇帝钦此有令。让人唏嘘

萨尔浒大胜。努尔哈赤壮志满满
将士们擦干身上污血与汗水
待他鞭梢一指，即拥入关内
紫禁城皇位虚席以待。他神勇
目光炯炯可视千里。他看见
三百年不到，玉玺如人头破碎
溥仪不生育，被离婚，凄凄
惨惨戚戚。大脑缺血，胸口一紧

努尔哈赤差点从马上栽将下来

2020 年 9 月 8 日

人说有的玩笑不能开

我从杂志上读到朋友
一首好诗。这诗就是我的
这一个个姣好的汉字
是我的,包括符号标点

我收到一份礼物,礼物
是我的。我去邮局
给她快递心形的祝福,祝福
是我的,手写的书信是我的
它将在天上伴着一朵彩云飞

只有鸟鸣的拖音比较悠长
属于公共财产

我看见那鸟停在树枝上
树枝微微颤动如我的愉快
这安静的上午有个角落属于我
就像昨夜肩背酸痛,那放射状的
痛楚,别人无从享受

下午在医院排队,每人站直在

一个方格内。方格是我的
方格中假如有病毒,病毒是我的

我摸一下就诊卡、银行卡
摸摸我上身下身的免疫力

2020 年 9 月 8 日

秋　天

满城的黄叶。是秋天在花钱
这奢侈的季节。树木衣单

2020 年 9 月 8 日

受　戒

昨晚学生电话。老师，您的生日
忘了问候了，不好意思。其实我自己
都巴不得忘了。这六十四年，不提也罢
1956年出世。人家小孩哭叫连天
我却躺在护士手掌上笑了，吓得她
差点扔我到地上。我第一个名字
——陆笑生。父母担忧不已。还好
我没长成妖孽，四邻平安。但
先天性心脏病、气管炎跟随多年。于是
改名陆健。托老人家福勉强活到现在
五岁时在沧州南运河边差点淹死
——水灾。六岁的一天，家中炉子
大铁锅冒蒸汽，我站在小凳上往下端
被烫掉半条命——水深火热
七岁拿过年级算术比赛头名
偶出风头。八岁转学到河南洛阳
每天刚到校，就和班里一半的
男女同学打架，被老师罚站二十分钟
高中提前毕业去往南阳方城插队
我勤劳、我懒惰都没使村庄富裕
或更贫穷。1978年和几位同学

被拎去念大学。却原来
一些权势人物,衔曰总统、首相
竟不称为主席？俄罗斯大片土地
躲进了图书馆里。我工作,结婚
——不好意思,离了。我承认过错
不全在对方。做编辑,眼光挑剔
想把中国小说,都推举到瑞典去
做教师,我那呼号过的声音,我的
逐渐沙哑的声音,不停擦亮我既爱
又恨的黑板。有学生送烟酒。我说
别送了我这人记性差事后想不起你
后来学生三级教授了,我仍旧四级
多年前有机会当个小官,怕自己
犯错误,频频做婉谢状,烂泥
糊不上墙状。提前退休,照顾妻儿是
我身体力行的头等大事。自己的眩晕
心悸、四肢麻木症,小心掖藏,换上
放松的表情。抽空将一些米粒大小的
思维的肿瘤,吃力拖进诗行。无意间
伤害过一位河南友人,失眠中我多次
面朝他的方向跪下一只膝盖。百年
人生唯悔恨啊！假如有来世
难道会好些？真会好些吗？这多年
我知道幸运从不降临到我身上

神啊,我有罪,已有的该来的
惩罚即恩赐,我俯首承受,无怨

      2020 年 9 月 9 日

乃人自道

自道者陆某人也
稍清癯。头发黑白相间
自诩黑白两道。或乌黑锃亮
染了金鸡鞋油仿制品之缘故
眼袋足足超出眼睛两倍大
学问三二斤。偶而言语粗俗
说是心中崎岖五六七百里
目光有时坚定,比如奔向菜场
超市、打折商店、小卖部
有时恍惚,额前浮游零星诗句
或不知哪里拐弯来的奇怪念头
步幅时宽时窄,腰腿之疾不愈
相逢路人,有意挺胸提臀
远远拒绝衰老等枯败字眼
初秋细碎方格短衬衣蔽体
风掀衣角,隐隐露出一些脏腑

2020 年 9 月 10 日

招贴画

用一幅简单的画描绘这城市
我心里好一阵勃勃冲动
我想对得起心里满满的爱
东望,太阳升。殷勤太早了点
新闻大厦还没醒。北京饭店的自助
早餐尚未摆好茶点接客。中国尊
急切高举起528米酒文化。斜对面
朝阳路"大裤衩",不久前兜进了
一些先进电子产品。空气清新,像
刚洗了一个痛快澡。如果下雨
相当于又洗一遍。长安街东西两端
建国门复兴门都是吉祥词。再延伸
八王坟公主坟,埋了封建余孽。北望
天通苑——亚洲人口与面积最大
的社区,像捧起个大簸箕倾入地铁的
繁忙。奥林匹克公园很奥林很匹克
鸟巢的大鸟小鸟安歇一夜,还将
接着唱歌。学院路的学生做操了
国家图书馆历史博物馆,下盘稳固
大剧院穹顶像什么?反正不似
悉尼那座美丽建筑

苹果园的苹果,半边青半边红
南面的菜市口自古就是好去处
高铁站大兴机场全球一流顶呱呱
天安门并非最高大,但谁都知道它
无可逾越的巍峨海拔。摊煎饼的
四五六环团团拱卫城市中央区域
颐和园潭柘寺是几百上千年的绿
美酷。风云无数。敲战鼓,迈大步
按惯例总要看出点不足。四城八区
大街小道,车流人流,那叫一个堵
都堵嗓子眼了。现代都市通病啊
你忍了就行。我言犹未尽的拼贴画
以下只能,可否,省略若干字?

        2020年9月10日

小小土拨鼠

小小土拨鼠,在英国南约克郡
这天它遇到一位诗人
光滑的皮毛被英语抚摸着很舒服
它也念过这音节,不过有点串调

它吃橡果,好像对绅士的宠爱
并不在意。它自行其是惯了
——土拨鼠拨动着土块
这时阳光正好,远方很悠闲

诗歌的土块——地球不正是
一个大些的土块吗?

没啥了不起。罗伯特的赫赫诗名
也没啥了不起。土拨鼠
别致的大声或细小的叫声
流传到21世纪也没什么稀奇

它站起来,嗅嗅周围空气
踮起脚,四下观观风景
理理它颇为自得的胡须

打个喷嚏,继续把它的橡果
嚼得嘎巴嘎巴响

2020年9月10日

那些中国的和外国的神

我坐井观天。深井就是望远镜
哈勃牌的。地球和太阳二人转
助我看见中国外国的一大堆神仙

中国的火神,把水神烫出满身大包
水神冲火神直接泼过去,想浇灭他
孙悟空爱翻筋斗,还指着玉帝的鼻子
撒泼,就让他待在如来手心,消停

奎师那——释迦牟尼之先祖,为正义之师
充任过车夫,解决了他姑父的大哥
生下的 100 个孽障。宙斯与赫拉
都非等闲之辈,一个热衷偷情,一个
醋意滔天。战神、爱神、雷神和海神
都不是省油的灯。偷香的偷香
乱伦的乱伦,忙乎乎、脏兮兮的

倔强的普罗米修斯试图反向而行
被锁在怪石峥嵘的高加索山上
西西弗斯搬石头却想把大山垫得更高
神仙们你偷懒,他打瞌睡,沉溺享乐

少数的忤逆者哭泣,形单影只。逐渐

神殿搬迁到陆地,金马车的黄金索
掉落,打个滚变成蛇,变成
一捏就碎的烂草绳。以至于天庭空空

他们交配,耕种,打仗,贸易
顺便给自己和别人佩戴上分量不等的
耻辱和各类荣誉——直到 UFO 降临
无声的、压顶之势的来客,来袭
这当年宇宙王座驾的一只轮子——

来了。众人喊,狼来了。狼,丛林
肉食动物,却是某颗星座的名号
惊慌如瘟疫蔓延席卷。众人无从应对
也没人记起自己的祖宗曾是神仙

2020 年 9 月 11 日

请安静

请安静。将四海汹涌
先蓄养在黑屏的电脑里
请安静,让我扳手指算算
我半个多世纪那些旧账

从前每临大事,我总是犹疑
将出现什么结果呢?
因为生活屡屡教诲,我
凡事总往坏处预测。例1
高一时和某同学杠上了,约架
寻思一对一,怎么也不落下风
哪知对方来了四兄弟
例2,杂志社提拔一位副领导
结果能力低、爱打小报告的那人
上位。惊得跌落眼镜,也
只能把眼镜捡起来,擦擦戴上

考大学,考两次。副高正高职称
各评两回。婚也属于再婚
伤了、亵渎了从一而终的殷殷初心
几多按住葫芦起来瓢。谁受得了?

难道出生平凡,就该被命运嘲笑?
我终于听说,是墨菲定律作祟

我想啊,就让乌鸦报喜、喜鹊
稍息吧。下雨没撑伞,总有
淋(临)到我的时候。我想
所有的成功都像是一场阴谋

2020 年 9 月 11 日

昆仑玉

> 友人赠昆仑玉饰件。愧领赠言。
>
> ——题记

昆仑玉。你的每一坨细碎的
毛料
都给了我——整个昆仑

在盈盈一握

2020 年 9 月 12 日

南里甲的那些花

朋友住南里甲。连通三室的
露台,种百种花草。花房
花坞。花香袭人,迎头满是香雾

月季,芍药,海棠,龟背竹
鸡冠花似乎正在报晓。含笑
金橘,和意大利城市同名的
米兰,蹲坐木架上一点不生分

禾雀花,福禄考,巴西鸢尾
"石竹,和我名字一样呢!"
朋友太太的笑靥一时无法比喻

仙客来在门帘边浅浅含羞
风铃草。倒提壶。天竺葵
佛手——真的就伸出手来

通风,光照,水肥,燥湿适度
爱心侍弄的草木各自有灵性
喜欢夜晚的花,她一口气说出
七八株。晚香玉、紫茉莉

临窗而过的卢沟晓月,脚步悄悄

"您能看出,它在睡眠呢还是醒着?"
有时候花会让我陪它说话,你的
喜欢、悲伤、愁闷,似乎它都懂

南里甲的这些花啊
南里甲的那些花

2020 年 9 月 12 日

忽然觉得

忽然觉得,天天写作
笔头打滑,打晃。病中人
折磨病中的文字
不无可耻之嫌疑

以后每天不写诗,只写抱歉

2020 年 9 月 14 日

夜中国王

咳嗽两声。又是深夜三点
十平方米的夜。静极
左膀麻木肿胀。又咳

静,像垂垂老矣的国王
守着他疼痛的江山

天色从燧火的灰烬中慢慢发白
他回到农人的颜面。起身
扣上门环,背上铁镐,去田里
整个白天还有很多事情要做

2020 年 9 月 15 日晨 7 时
写于北京协和医院西院

我的远方的美路

一张照片,把我带到萨德伯里
普通的庭院。美路,我三岁的孙女
正在看电视。圆圆大眼睛,目光
直溜溜的,好像大气都不出
她的哥哥恩昊也入了神,右手
举起,还没来得及举到最高位置
食指略略弯曲成问号,神情专注
好像面临前所未有的一件事
又好像疑惑:"怎么会这样呢?"
兄妹俩完全没注意他们的爷爷
就站在窗户外面,站在岁月里
美路,我还从未抱过的孙女美路
对电视里的情景一脸愕然。她的
愕然广阔无边,使我泪流满面

2020 年 9 月 16 日

柏林爱乐玄学

散步路过秦教授家
不请而至。叩门

"老秦在马义军那儿。"

哦,老秦——在——马义军
——那儿?恐怖。根据
能量置换理论,秦教授成了
马义军?幸好没成马克思哎

披头散发的发散式思维
呵呵。您最近忙什么?

查资料。就是把牛顿
爱因斯坦、霍金们都请来
还要靠秦教授引荐呢

把大咖请到您的引号里来哦
不然客厅坐不下

引号?必须的。否则是剽窃

偷。那哪儿是咱文化人干的事?

老陆的文章:《论虚拟
概念中的永恒空间位置》
是不是,离地气远了点?

谈外星人真实存在的假设?
说的是非逻辑的严密性吗?

呵呵。也许。告辞。再见

2020年9月16日写于柏林爱乐小区

在理发店

在理发店。小伙年轻帅气
小臂上文着手枪刺青
枪口冒着烟,想必刚刚用过

镜子里那枪一耸一耸
让我感觉我的头发,都是他的枪
一根一根打下来的

小伙很得意,用西部牛仔的笑法
笑了笑。我告诉自己,别慌
千万别慌。脖子后面凉飕飕的

      2020年9月16日上午
      写于639路公交车上

看望张凤铸老师

近来，我和太太
两周一次——恢复了早先
去看望张凤铸老师夫妇的习惯
先去常营菜场，买些米面果蔬
和师母喜欢吃的李伟家牛羊肉
驱车十余公里，珠江绿洲某楼
1807室。保姆一脸春风。老人的
白发如两团瑞雪相互映照
笑时两朵菊花灿烂。我家太太
与老师远在东京的女儿，姓名
只最后一个字不同，还谐音
所以师母常把我太太叫成了她的
爱女。我们顺势可多尽几分孝道
师母原是朝阳医院呼吸科医生
现在时有哮喘。小坐告辞。我说
免送。保重。张老师又笑了，两腮
红润，比不笑时脸颊宽了一点

2020年9月17日

酒 说

中午餐聚。未免多饮几杯
数十年老友不拘俗礼
抱着些许醉意,挪到旁边沙发上
小憩。分明有个声音引路
给我看,大树轰炸飞机,驾驶员
顺便捉住秃鹫,用那尾巴擦手
野兔品尝老虎的舌头,加咖喱粉
立冬把筷子伸到仲夏的饭盆里搅拌
输液瓶中的水,和酒,往高处流
众人莫测高深围着油亮的泥坑开会
发往全世界的资讯,全是密码电报
五万厨师抱起同一根大棒吃胡萝卜
两根上帝的牙签,穿起三座楼盘
封建主义头上长出角马的尖角
躺着走路。民主制度不知所以地
狂欢,又抽泣。印第安部落的投枪
刺入张艺谋电影,涂黑大秦的天空
大海凝固如冰川。捅捅,漏了
冰川是塑料制成的。军舰的底部在
红木的老板台上操练刀法。一群人
费力地要攀爬到苍蝇耳朵上面吻别

邻里之间以美声唱法吵架。女士的
子宫养鱼。四年拒不勃起的我
被发现顶高了盖着裤子的爵士帽
成堆的羊和狼,结伴进出贵宾厅
印刷品的字印反了。总统邻居家的
猫狗,争相行使大国权力。所有的
枪对准射手脑门。啪啪声响
教堂没防备,黄金变作一摊摊灵魂
午后的雪把我脚下的道路抽走了
半分钟等于一天,地球呼啸而去
这些都是那位小雨村附在我耳边
说的。我醒了,朋友却道,贾雨村
今日爽约,没来。贾雨村尚未结婚
小雨村这等人物,估计还没出世

2020 年 9 月 18 日

吃　书

天下事，只有"想不到"三个字
能够概括。在书里情况就好得多

朱丽叶没想到罗密欧置他自己于死地
桑迪亚哥没料到能瑟瑟活着回家
钦差大臣有真的，现实中不止一位
《秃头歌女》里竟然没出现歌女

沃伦斯基怎么预知安娜的自杀啊
卡列尼娜，不可！他悔不该没提前
介入，打个电话——没电话号码
请托尔斯泰改写怕也没得商量

周游于书中人物间他不免产生
些许先知先觉的优越感。悲欢
离合，专门为他又演出一遍

困乏时在包法利夫人床边小寐
饿了去巴黎咖啡馆胡吃海喝一番
我的叔叔于勒，有自尊心的人呢
修道院的于连，如今满大街游走

这些印刷体,怎么越来越模糊?怎么
个个跳起了宫廷假面舞?噢
天色暗了。他高喊一声:书童掌灯

       2020 年 9 月 19 日

暗中的我

没有谁像他那样伴随我始终

我今天的所有,包括边边角角
正是与他,与其他,和谐
角力的结果

我清楚他在那儿。他在那儿很好
移动的他,时明时暗的他很好
他在我身体疼痛的部位

暗中是黑。擦去了灯盏的黑
有时黑是一种光明,把守着关口

我把自己推入酒杯和睡眠
暗中的我温和,只具备
虚拟的攻击性,和疾病私奔
先天的通道。危险则深不可测

隐形的护佑者。有时他低声啜泣
想擦擦他眼里的泪

却先触碰了自己的悲伤

2020年9月19日

车过贾岛路

车过贾岛路。贾岛没来
大白天没月亮。微雨
人们没空拜僧,他们拜生活

有的去上班,有的骑单车
后面驮着小孩。汽车往来
急匆匆。不像写诗
多数要慢慢磨。怕就怕贾岛
推敲完毕,门内和尚已经圆寂了

一个男子走出院子,猛转身
回去。想必忘了什么
重要的事情。他们一般
顾不上想贾岛
他们常常顾不上想起唐朝

2020 年 9 月 21—22 日写于四川资阳

散　漫

那只鸟为什么
要含着一口糖水呼唤另一只?

像小火炖肉般的古老爱情

这事真难堪。在大医院附近
找个车位似的，那么让人难堪

其实隔壁就是永远
关键在于你无法进门

像拉车一样在拉着小提琴的
那男孩，是我。现在是我的儿子

那小伙在跑步
似乎前面就是他想要的生活
他的前方也许在他的身后

有的竞赛好比左手握住右手的
右手握住左手的手腕
看起来用力，其实未见什么功效

猪腰中间部位，不规则形状的
白色脂肪——如思想

"思"和"想"真的是两个词
甚至两回事

想象力过于汹涌或暴烈时
是否该给它加上道德的辔头？

星星的乳头越来越少，越来越远
时间的婴儿，哲学家
都在持续生产饥饿感

路易十四曾经给康熙写信
不知康熙近期签收没有

孝庄皇太后是从多大岁数
开始照着斯琴高娃的模样来长
才长成了电影明星的样子呢？

"公平即正义"。我拜访1971年的
约翰·罗尔斯。我能否把当年
15岁的那个我射下马来？

邻居后墙下,一只猫在听雨

几片梧桐树叶交织在头上

屋内的人在谈论艺术

他们隔着好几个世纪呢

被隐藏得最好的是什么也没有

2020 年 9 月 26 日

坊间笑话

常起夜。眼神差。手电筒坏了
去五金超市修,人家休息
回家,习惯性按门铃。门开了
说:先生,您住上面那一层
爬上来,进屋。把布兜挂在
铁钉上。啪地掉落。铁钉飞了
原来是一只苍蝇。满屋追赶
竟然在这里?一巴掌,哎哟
竟然拍在铁钉上。疼得他
冷汗直冒。这次挂兜子,当无
问题。真需要歇会儿,再做
其他事。没想到苍蝇飞回
兜子挂在铁钉上的苍蝇脖子上
兜子坠落。他捡起,看看
摔了两次的手电筒,居然又亮了

2020 年 9 月 29 日

废物的分行

今日周五。送小儿子去上学
要交伙食费。记得三天前
刚交了补课费、换季服装费
学费肯定已按时缴纳。书本费
收过两次。回家坐下,喘喘气
站起,想想是否有所遗漏。上网
交本月自来水费,热水、中水诸费
电费,公用电费,手机话费,座机费
燃气费。点击,宽带费差点忽略
物业费是大头,按建筑面积
不知道薄薄的、厚厚的墙壁里面
他们怎么钻进去管理的。车位费
假如拖欠,你的马自达就要停到
顺义去。还没说车险和维修呢
垃圾运费。垃圾分类,绿色环保
很好,是爱国主义的表现
交和缴,哪个才不是错别字?都行
反正口袋凹下去,又凹下去一块
儿子今天半天课,下午带他去医院
看甲沟炎、鼻窦炎。挂号费,药费
外科处理费,停车费。太太上班时

两张纸币,给了本单位人员停车
规定。我退休四年了,被称为废物
废物的钱被不是废物的人收走了

      2020 年 9 月 29 日

今 日

今天北京 15 摄氏度。东北风 1 级
有雾。空气指数 63，良——
是新闻说的。新闻还说今日中秋

临窗的马蹄莲，像栖息着的一群鸽子
这些日子，白头发里纠结最多的
是一个声音，和平

平安啊，我们的人民，你累
远方的亲人，你在笑，还是忧虑?
秋凉了，愿你被周围的邻居温暖相待

2020 年 10 月 1 日

泣送表哥王涛

从 ICU 被送出来。仿佛
从病危中已然解脱。满屋
满院子的静寂。从未有过的安详
仍是你特有的总微微笑着的模样
我知道妆容覆盖了你满身满面的
土褐色。你胖胖的肚腹瘪下去
像被舀干了水的坑洼。往事的
车轮曾经碾压。它在你肚腹上
占道,停留过。那鼓鼓的轮胎

      2020 年 10 月 2 日

观友人作《僧人弈棋图》

一张宣纸,或其他什么纸都不重要
白。一片大地白茫茫的白
好像一切将重新来过

一支笔出现。必是神来之笔的那支

混元太初,最黑的部分,焦墨
树根首先破题。天地赐座
僧人盘腿,略前倾。树身

已被我等砍去盖屋、造船、填灶
——僧人知道。他衣着清洁且随意
若凡众尽可袒胸露脐,醉眼迷离

墨色浓淡相生。棋盘三五子散落
像等待救世圣手,起码是妙手的
态势。弈者相对,如同相忘

枯瘦的手指出场。换作常人
这手指甚为可疑——通向腕、臂
肩,通向了然于胸、似有似无的笑

墨色渐灰,预设的结局,过程
如命运。通向他们光光的脑门
墨色全无,头顶和天空了无痕迹

     2020 年 10 月 3 日

手　帕

四岁时候,我
在南运河堤坝下面玩
向同伴展示我的手帕
我刚刚得到的手帕

九只蝴蝶在手帕上飘
我从未收到过如此美丽的礼物

有人喊:大轮船来啦
同伴们蜂拥而上,观看
儿时能享用的最壮观景象

我把手帕压在一块石头下
冲上前,还跟着冒浓烟的轮船
跑了一小段路。可是
手帕却没了踪影

一个大一点的孩子说
你不知道蝴蝶会飞啊?
四下瞧,果然——全飞了
竟没有一只回来,和我打个招呼

很多年，它们确曾造访
我幼稚的梦境。大轮船
还把不少愚蠢的想法带给我

    2020 年 10 月 5 日

马万国的画

我等马万国,等了二十六年
等他成为国画大师

今日,他的一幅等待命名之作
经幡,高过天地交界线的经幡
把一座大山固定在这天空下

她的一叶叶红色,于风的摇摆中
不言不语,攀爬。天空已不再是
高处。天命——血的块状物
颠覆了我对信仰的认知

我匍匐,看苍昊辽阔
时有信众踏雪为路,拜叩

我看到无人驱赶的牦牛
晨昏俯首
更多的牦牛正陆续赶来

2020 年 10 月 6 日

我写着一些无关紧要的文字

我常在紧张的日复一日的
写作中休息。我知道,文字
滋养我,我的胃和肺,还有心脏

文字的声音袭来——以免我
昏昏睡着。睡意这几年经常
上午十点就叩我的脑门,拜访

我写着一些无关紧要的文字
为了不忘记,我需要忘记很多
我等,等几句被指定的话
经过我身体的通道。我是个信使

从未忘记自己的职业。凭借
对本分的执着和爱领取薪金
等待和服从,我的稼穑我的渴饮

我知道最重要的信还没发出
我写着,不停画问号,它在哪儿?
浅浅的河床,或许通向海水?

我只是信使中的一个

2020 年 10 月 8 日

一年将尽

一年将尽。夜半。妻儿睡下
枯坐。不等谁。时针已把
三百六十五天挑破,结痂在我脸上

想春季会如约而来,孩子成长
想逝去的亲人,在水波上行走

多年前那扇木门,于我出生时
"咣"地关上。门环至今微微在晃

2020 年 10 月 8 日

祈 祷

用你儿子的出生,他的第一个微笑
保佑你。保佑你的善、慈爱、活力
用你母亲的反复叮嘱,深厚绵长
保佑你。你的康健、平安、幸福
啊这是天性。你敬重的贝多芬,他
身边来的爱丽丝,你读过的勃洛克
篱笆墙一侧的羞涩,保佑你的纯洁
青春,性。孔雀变身的杨丽萍
保佑你明眸美丽,你和自然的亲密
对土地和万物的惊奇。用大碗岛的
下午的静谧保佑你劳动后的闲适
免受打扰。蒙苏里公园的座椅接受你
需要温暖的晚年与晨光互通有无
啊这也并非多么新鲜的说法
生活并不欠你一场艳遇,一个荣光
医院的红十字,坚持给每个
带病之身,戴罪之身以拥抱。保佑你
阿米亥的镜子,也照照丑陋、私欲
你的惭愧,知错愿改。优秀的人
一次次回到本我,再回归干净的文明

啊我不要听，我不要听。老调。但
保佑非洲和其他洲，铲除专制
滋长的愚昧杂草，垃圾，废塑料
吊车吊装完工的上层建筑。势在必行
海天空阔并非是人为所欲为的理由
让行为同时用抽象力使思维长出花卉
你勤勉的双手证明你值得护卫
我倒是没做过什么丑事、违心之事
保佑民众的饮用水，电的供应。保佑
毕加索揭穿了战争罪恶、黑暗的画笔
那在星域间传播渺渺讯息的金唱片
云计算，你的电脑的储存功能
你钟情的家乡俚语，小调，摇滚
啊我忘了，的确忘了，邻家那
探出围栏外面的热烈的三角梅
让唱诗班的童声拉起手，填平个体
群体利益这世上最深的鸿沟——
把所有人劈成两半的鸿沟。保佑你
享受聂鲁达和美洲一起上升的长诗
保佑人群，种族，不同肤色
同一面旗帜上刺绣着兄弟友谊
叙利亚、亚美尼亚战火中的妇女儿童
那些贪婪与堕落，那些仇杀、屠戮

都是反转来对自己的摧残,极度蔑视
刀,保佑不了刀。金钱也不是富人
莫做现实意义上的狭隘英雄。历史上
制胜的权谋,孔武的幻象。所谓胜利
是你为明天哭泣所留的余地。俊杰只比
别人高一厘米。是的,是的。我承认
有些是真的。别奢望一下子
涌入四维空间,修缮自己的失范经历
结果面目皆非,打乱时间的固有节律
秉烛今天,用你的仁道保佑你的选票
倾听议会的争吵,恰当的饮食保佑健康
以幼发拉底河、亚马孙河、尼罗河
黄河的名义,高山雨林以及海洋之名义
日月星辰的光辉保佑岁月。植物的繁茂
动物们适合存活的栖息之地。保佑
散布于我们周围的不可见微生物、菌类
话说至此,我愿意做个被保佑的人
人们一代代站稳重心,道路,车马
顺畅,掷铁饼者掷出的爱因斯坦的目光
深入太空的星系旋转。拿走
阿基米德的杠杆,阻止他撬起地球
相比科学,艺术更有益于人的存在
也许这话应该反过来,悄悄说

快,输给慢,输给心跳的速度
命运输给星体罗盘。不能让
《欢乐颂》的歌调落泪。保佑
从不诅咒。甚至保佑我们的平凡渺小
满足于简单的快乐。让我们恶的基因
被渐渐抽离。保佑你的是觉悟的
你自己。开门迎客的自我。是的
"保佑"有了新意,我也变得有了力量
保佑,公允如同赞美。声音上达天庭
保佑,地球旁轮胎状的范艾伦辐射带
减少太阳风和高能粒子的侵袭
早已开始的护卫保佑伴你而行
从未中断过运行模式,日夜
小时,分,秒,细小又宽广无垠
能延续百年、百代
耶稣的决绝牺牲,佛陀的如水浩荡
能再具体点吗?保佑者在法规、文案
在劳作在空气中,你的呼吸,血管
神经。你的细胞和心念,你为信誉
盟誓之时。信仰的力量远胜过
怀疑的力量——这祈祷依托一种
伟大精神,倾情陪伴,贯穿始终
我们常常领受了它的恩惠而不自知

赞美！我听见了大地无边的合唱

赞美！我加入了大地无边的合唱

2020年10月8—9日

我像赎罪一样写着

一天晚饭,只喝了半杯酒
餐桌收拾一半,我手攥抹布
忽然大哭起来。事后才知道

那是真正的号啕,两眼空洞
我喊着,为什么我
欠了那么多?让我如何偿还?
我如此失败,只能用文字
这种伪币作虚假的报答?
我的忏悔没有人听

高叫。邻居的电视降低了音量
十四岁的小儿子逃到楼上
太太瞠目结舌,丝毫不敢劝阻
而平日临睡前常把丈夫孩子
训到灰头土脸,才觉得
天下太平。她说我的神态

完全是濒死前的绝望
我对儿子关于男人的教导
一下子雪崩。接下来

三天没和家里人说话

2020 年 10 月 10 日

观花女孩

伤痕累累的春天,并不妨碍
美貌适时来到她的羞涩上
她凑近些,观赏那株花
花蕊顶端,蜜蜂忙来忙去

不知为什么
女孩霎时脸红了一下
在这个从不脸红的世上
她脸红了一下

        2020 年 10 月 11 日

日　记

按照昨天的策划，今天
我们去朝阳路兴隆家园那边
小潘，这位苏北农村姑娘
嫁给我内弟，侍奉瘫痪婆婆
十年。为生计，来北京要去侍奉
别人的婆婆。太太抱病从网上
找到几所培训机构。电话，商讨
比较，择优而定。开学第一日
备齐身份证，笔，笔记本，水杯
保温壶里的包子，作午餐。太太
陪着，熟悉环境，进入学习状态
我开车送她们。回来料理家务
做好晚饭等候。监督孩子作业
今天将如以往，悄无声息过去
神啊！天上有，或者没有的神
今天，我们三人都做了一件善事

2020 年 10 月 12 日

《山海经》中的我

每天早上四点钟，或三点钟
我就醒了。左肩不适，摇晃我
小解或无解。总之睡不着

厚厚的夜。其实我倒过来
悬空躺在它上面也不错，软软的
其实我蒙蒙眬眬，常进入
山海经的天地。哦忘了加书名号

我和《山海经》里的灵禽怪兽
打得火热，不分彼此，乐而忘返
不像白天，如小学生似的坐端正
左小臂压着右小臂听生活讲课

我作文很好，可惜老师念范文
总把我最得意的那一篇有意略过
就像我一提笔，那些语惊四座的
文字，不小心全从字典里下课了

       2020 年 10 月 12 日

伟大之前

——向露易丝·格丽克致敬

伟大多半是追认的
面对眼前人称伟大,那需要
多大的勇气和英明。脑袋
天天是头条很可能不行
伟大假如是一块牛排。切成
一段一段,情况又会怎样?
伟大是吃惊,狐疑地打量
这个几乎认不出的自己
它的体积和重量,一公里是
一微米可能也是。你服从也可
反抗也可。它强大、软弱
它的自噬力、自愈力。伟大
曾在火刑柱前饮下现世的苦酒
伟大之后有什么在等他们?
伟大看不见,平凡在看

        2020 年 10 月 12 日

十个人民

9月27日晚。纽约某地铁站
钢琴家海野雅威被八名男女
殴打。这位日本人右肩和手臂
骨折。也许以后他的钢琴
只能演奏悲剧。这八位人民
——假如每个人都不是人民的话
人民就成了空心词。无法成立
就成了怎么称呼都可以的东西
这八位人民将这位人民痛殴
还说以为打的是中国人。使我
这位中国人民是可忍孰不可忍
人民在打人民的耳光。啪啪响
人民把人民推倒在地,再踏
一只脚,想使他永世不得翻身
这样的人民我宁肯不做

2020年10月12日

某日打坐

我想——什么都不想。心放在
肚子里。不再整日婆婆妈妈
纠结身边的鸡毛小事

洗净身体。缓缓坐下。清空自我

"一尺之棰,日取其半,万世不竭"
既然不竭,那还取它做什么呢?

"仁者爱人。"仁是两个人的事
人和他人的关系
人类却自古至今没做好过

我们真的需要一个全知的
把银河宇宙都装在口袋里的佛吗?

我想是道。可是
非常道就坐在我的对面

2020 年 10 月 13 日

对布莱希特先生一首诗的修改建议

"将军,你的坦克是一辆坚固的车"
没错。可是如今有了反坦克导弹
您还是改改为好,便于千古流传

"将军,你的轰炸机是坚固的
……但是它有一个缺陷,
它需要一个技术员。"
不料指哪儿打哪儿的无人机已经出现

"将军,人是很有用的
……但是他有一个缺陷
他会思想。"然而有人举起大棒
不让其他所有人思想。怎么办?

我有一个缺陷,就是对前贤
满脸敬重,却忍不住,时而心里
想幽一默。改不掉啊。但是我也
有个优点,冒犯之后每次都道歉

      2020 年 10 月 14 日

海边上

身边的大水,御风退去
穹庐顶下面,我们聚集,我们开会

我们话语滔滔。我们讨论
我们拎着、背着的棘手问题
一山放过一山拦

国际,国内,云霭飞渡
我们磋商,外交,经济
饥馑如何消灭,战火能否
灭掉,或者减少些火势

股市,贸易,价值观。甚至
语速,口形,得体的姿态

天马行空或锱铢必较
我们自信满满,认为自己
是自己的主人,甚至可笑地
想做别人的主人

涨潮了。听。必须听

大海在发言。让我们静心屏息
我们像月下草木般噤声
听大海发言我们应该全体起立

仰望天空,仰望天的宏阔
大海,施予我们的财富
是我们有福消受的十倍,百倍
她的爱,温暖,仁慈
施予我们,具体而微,无所不在

2020 年 10 月 15 日
写于博鳌亚洲论坛国际会议中心

出 行

五点刚过,摸黑出家门
把黑又摸了一下,比较凉

假如不是参加那个什么
所谓重要会议,即便
情人邀约,我也不赶这么早

司机呢?在哪儿埋伏?
未知处,转来两道灯光
一枚口罩。我说"人民"
他说"币"。暗号对上

于是车轮飞转,737 不怠慢
滑行,攀升。旅客们
睡觉,或睁着眼做梦

美兰机场,你好啊
你晴天朗朗,阳光很厚实
你好啊,海南的中午

我把北京的早上给你捎来啦

2020年10月16日写于美兰机场

下降的成语

飞机开始下降。不时小角度侧转
机翼顶端的灯,像神行走于云间
举着光明照着下界。前方——
目的地。后排的男孩正练习成语

万家灯火。细小,隐约,羞怯
像一堆堆散落的碎玻璃

龙翔凤翥。此时经临大兴机场上空
没看清那仪态万方的凤凰图形
夜色重,也许她的翅膀
和其他一些羽毛,已纷纷入梦境

灯红酒绿。指出渐渐清晰的楼房
家庭。是否都有酒喝,姑且不论
一溜溜汽车,像穿起的一串串
昆虫,背负着萤火般的光亮

飞机落地——且慢。说落地不吉利
一落千丈——更使不得,太危险了
九死一生?——哎呀,儿子

我平时怎么教你的?

青出于蓝胜于蓝——绝了!
众人捧腹,笑态百出,成一团
姑且将九死一生置于不顾

> 2020 年 10 月 18 日,自海南美兰机场
> 回北京途中得之,是夜补记

获奖感言*

奖杯在我手中停留了一下
带着光芒转入时光的手中
我熟知的人,陌生的人
那劳动的手曾和无数手相握
奖杯是劳动本身

奖杯属于低头而专注的人
我相信在座诸位无不如此
我认识,或从未谋面的朋友
你们的言说,或者我对你的
嗓音闻所未闻。今天是独立于
我们之外的一种力量决定的

我的感恩由于你们与我活在
共同的时代。你们存在
对于我即是温暖。如果不是这样
那照耀你的星辰就会离开
我的头顶。相反也是同样

---

* 2020年10月17日下午,博鳌诗歌节授予作者第三届博鳌国际诗歌奖"年度诗人奖"。即兴发表感言。

奖杯的光芒透过颁奖词的纸背
我们没有特殊的原因成为诗人
然而汉语解剖了我们的内心
除了汉语,没什么是我们的
衣衫、皮肤、血肉和骨头

这世上最坚强的人。这世上
内心最柔软的人。不可战胜
内心深处藏着一个小孩
需要夸奖的少许甜食,带着
黄金冠冕,草藤做的荆冠
也无所谓。手握词汇的武器
把大人们、大人物们的规则
铁律,用游戏的方式,人类
童年的眼光,重新审视
推倒藩篱,让更多人回到
他最快乐的那个年龄段

这很幼稚,这比一切的圆融
已经变了味的所谓成熟珍贵百倍
在这里,在博鳌,在蓝天白云
下面,我们再次向诗歌致敬

大海也站在我们这一边

2020年10月17日草稿，
19日根据回忆改定

塞纳河之忆

真想让塞纳河接通我家乡的水
十五年前在塞纳河边,我望着微澜
心里很柔软。遥观埃菲尔铁塔
西岱岛的巴黎圣母院。想着一些
美丽或凄惨的事。镌刻着诗句的
蜜腊波桥,阿波里奈还在痴等玛丽
落日粘连波光,映在一份《费加罗报》的
字行间。那戴宽边软帽的男人
在石椅上喝左岸咖啡,品味大仲马
或卢梭思想。右岸的蒙马特高地
毕加索和他的朋友似乎还在梧桐树下
品勃艮第酒,享大师名号。萨特
拒绝了文人艳羡的荣誉。密特朗卸任
其借住的朋友的寓所也在傍河之处
肥嘟嘟的鸽子在傍晚,在那一男
一女、一黑一白的门卫警察头顶盘旋
他们闲谈的,是巴士底狱的昔日吗?
此刻穿牛仔裤的女孩骑一辆单车
从香榭丽舍的方向过来。她唇间
吐出标准的汉语。你好!她笑一下
——是巧笑倩兮的那种。近些年

我的好运多多少少与这句问候相关
那辆单车,后座上有卡通书包
她的蓝眼睛像大海,翻卷着金色头发

      2020年10月20日

隐秘的敌人

我频频修改自己的履历
为无人知晓暗暗欣喜。我怕
说出真相,在诸位面前实在不堪

我不断对别人肆意修改
比如,他很拉风的事
改成在众人面前出丑
我让另一个崎岖的她的生平
重新从平坦开始

有时这修改比较过分。比如
一些南非白人希望注册为黑人
比如尼采没疯。他哭。然后
平静地烧了自己的大部分书
他的研究者直跳脚

比如引发核大战的三种方式
包括用隐秘之法
给提着按钮箱的那位注射狂躁剂

因为修改,商船在糟糕天气出海

客机行李舱携带了易燃易爆品
他对她的诅咒，变为她对他的诋毁
我像个受害者希望得到上天垂怜
另一个她在我的想象中一天天烂下去
我对人家活得好好的视而不见

2020年10月20日

我知道我什么都不是

以前我不这样的。我总认为
很多人，什么都不是
到处别别扭扭的

直到有一天受到棒喝
你讲这话，可把自己排除在外？
从此我评价他人，内心
先朝自己开火

如今当然，别人并非什么都是
起码，他们是他们。他们的可爱
之处，更多进入我的视域

我赞美他人，且不奉承阿谀
我说，你真美。是我
愿意她像我希望的那样美
我说，你的确优秀。是我希望
他能走到我的前面去。走得更远

我得到前所未有的舒适感
面对他前行的背影

没有弓箭。我手持鲜花
这也是他所知道的

      2020 年 10 月 20 日

电话里的喜鹊

八达岭长城边上,不远处
住着我表姐温晓俐一家
她在电话里讲话,时有一些
喜鹊的叫声插嘴,做背景音

我见过那群喜鹊。逶迤山中
飞飘黄叶。柿子红了
喜鹊的喜悦表露无遗
它们总是跳上最高的枝头
挑那最先红透的柿子品尝
使季节的嘴角淌下甜味

夏天,它们蹲在墙边
成熟的向日葵圆盘顶端
勾着头,啄食瓜子
叽叽喳喳,边吃边聊天

这些刚猛的家伙。一次
两只喜鹊截击一条毒蛇。它们
一前一后,敌进我退,敌疲我打
不大工夫就把那蛇啄成稀烂

它们不串门,特殊日子里,飞着
传递消息。我知道表姐、姐夫
张国军——那位退休的飞行员
就像喜鹊报告的那样,身体
挺好,从不闹病。他们种的
半院子萝卜、白菜,长势喜人
在果蔬涨价的消息中我行我素

2020 年 10 月 21 日

从一位朋友的诗中又见海子

从一位朋友的诗中
又见到海子。海子的面容
已经模糊。海子姐姐的
声音传来。海子的姐姐
安徽的乡下是你，昌平的
小屋依旧。流浪，歌吟
德令哈孤星明亮。你的呼唤
四处蔓延不休的土地，江河
南亚次大陆。亚洲青铜
世界流着血和肮脏。谁把自己
置身神话，与太阳与火交谈？
都是火，只有火，烛照人间
都是姐姐，姐姐。无所不有
又两手空空的姐姐啊
你的家很远，也许就在前面
隔着难以翻越的两条铁轨

        2020 年 10 月 22 日

也许缺少一条法令

据说二战时候,盟军的伞兵
蘑菇云般开放在敌占区上空
很多没来及打开伞花的
竟摔死在丛山密林中

巴顿将军认定——装备问题
他急吼吼赶到生产商那里
命令老板,你背着降落伞试跳
然后把他推了下去
从此士兵伤亡大减

核泄漏,海洋污染。我们
也应据此立法执行。首相
你说经过处理,无毒,无害
请每日早餐前,你空腹
喝一碗这海水,再吃三明治

《国际法》,缺了一项:战争机器
启动的决策者们,大亨,必须
第一时间奔赴前线,带头冲锋
发给你步枪,刺刀,手榴弹

唯独不发给你一顶钢盔

2020 年 10 月 22 日

这一年几乎是我的一生

除了出生,我把自己的
几乎一生,再次经历了一遍
我的人生,是谁的翻版?

雪落在冬青树上。飘雪
后面的雪拍拍前面的雪的脊背

续接。截句。日子的卡座
快乐、痛楚的碗筷,杯盏
两只口罩的间距。人性

我之外,只有一个对象——
蒙面的世界。只有疾病
伴随我一世。它被命名为感冒
疟疾以及贪欲
战争——它们是那疾病的分身

我对真理的感知,趋近
是一种带体温的绝望

来日无多,越来越近

逐渐眉眼清晰——将莅临的

死之冠冕,和它良好的胃口

它肥大黏腥的舌头,无可躲避

    2020 年 10 月 24 日

……

被砍了头的诗歌
血如天边流霞的灼痛
丰满金黄的月,被谁
连同月光打包献了出去?
凌晨送还已惨白失色
窗户跳楼了。"啪"的碎响
也许它并无更好的去处
我恰巧从这里经过
我不得不经过这里

      2020年10月28日

灵魂陡峭

灵魂陡峭
我的愚蠢
比智慧先一步爬了上去

    2020 年 10 月 30 日

一个声音告诉我

一个声音告诉我
放下你的笔。这些都不是诗
华美不是,深刻也不是——
人类一思考,上帝就发笑
人若是不思考,神会是
什么表情那就不知道了

一个声音告诉我,你不是诗人
你常常放下技艺的操练
被日子里的琐碎纠缠住双手
虽则心有不甘

你只是怀揣火苗的世间访客
蜡烛似的火苗,豆粒大的火星
在斧头和石头间磨砺,消耗
你的个性接受失败,拒绝对位
艺术与你各自陌生,相互不搭理

或许它本来就不是你的初衷
匆匆的书写在风霜雨露间滑过
短短一生,缺乏灵感光顾

长长的一生，缺乏必要的耐心

一个声音告诉我，艺术从不曾
在你生命中取得她的所需之物
斧头与石头，头颅相撞
你这样的脸面，我实在见过太多

    2020 年 11 月 2 日

偶过蓝调庄园马术俱乐部

郊外斜阳。庄园在望
如一首恬静的诗章
已久违马的嘶鸣,马的昂扬
马的旧事,战火照亮鞭影
马的欢快,一日看尽长安花
马随僧人取经西去,回来
在白马寺守门,化为石马
马被李白换了美酒,流散
乌有之青春,海子以梦为马
昔日的马竟然复生,聚集此处
它们清闲,甩尾
驱赶蚊蝇,打几声响鼻
它们落寞,相互蹭蹭脸颊
它们的鞍鞯等待周末的男孩
它们想赎回那孤独的王子

2020 年 11 月 3 日

迟到的志愿者

我申请做志愿者。物业欢迎
说马上给你发红袖标。我说
从小对红袖标有心理障碍
能否不戴？不戴，别人
怎么认出你，信任你？无果

旅游点，义务导游。我老态显露
为不煞风景，减轻眼袋，每日
多次洗脸，手从腮部往上推
减少皱纹。游客指南制成卡片
以免记性差，给客人指错路线

我去书店，搬运刚刚到货的新书
整理书架。动作慢了些，却更勤恳
以前我写的书，都是教别人
怎么做人，现在我教自己做人

那个张爱玲说出名要趁早
如今知道做义工更要趁早

2020 年 11 月 3 日

为在另一个人世的平安做些准备

七大洲四大洋,乱糟糟的
每天死人。炮火?地震?误杀?
车祸?高空抛物?桥梁坍塌?
来势凶猛的疾病?总之死于非命

我大做减法,除了不可抗拒因素
不与别人逞强斗狠。喝高了
扶着树走路。平时不经过危墙
像古代的贤人那样。吃素为主
小区健身器材旁边,每次
多待一会儿。临睡前床边
保温杯有温开水。枕头下面
裤兜里,各放一瓶丹参滴丸

每天给太太做饭。细心。认真到
近乎美学的程度。她小我十多岁
病好了,是我全家的莫大福气
必得后福。备好孩子的零钱
他的校服和书包里各放一枚口罩

我用诗歌的形式给朋友写信

信中天空瓦蓝,老年斑上
都布满正能量。但逢各种佳节
给他们的儿孙发个笑容和红包
——数额不大,以免被拒收

小儿子的学习计划,帮他制订
到高二年级。之后,由他选择
自己的生活。大道或小径
只要能走通即可。将来找老婆
善良顶重要,聪明次之
漂亮放在第三位。谨记。切记

给太太的遗嘱,第一款:我死了
怕我寂寞,若学庄子那样敲盆子
你就敲脸盆。敲坏了,就用面盆
当脸盆。面盆再买一个新的

2020 年 11 月 3 日

厌烦了我的说

我总是在说。说。职业：教师
又曰：舌耕。听起来犁地什么的
都不成问题——统统不在话下

统统不在话下是词典里最应该
消失的一个词。主动隐退更好
狂妄自大。话是真话，假话
大话，诳语，虚与委蛇之言
巧言。两军阵前吼一嗓子，敌人
卷旗而逃——那是不可能的

艺术家为何只说什么"像"什么
以及它的变形？因为"是"字他
不会写。鬼话。箴言，像老树桩
那样不轻易移动。关于天体的挂图
万一挂错了地方，或者画错了
位置呢？想想就捏把汗。尤其

又加了杂七杂八的形容词在里面
简直属于胁迫。常常把主要的意思
淹死了，就是仆人按着主人的头

淹死了他。溺毙。或者让主要意思
呛了水，只顾了喊救命。副词
高不高兴？动词肯定安静不少

那么话语缝隙间、话语后面的
含义，未语之意，比喻，借代
哦，就看你和那含义的缘分深浅了

误解，也许只有误解是个大智若愚的
家伙。也许世界本无可说
怎么说都是错。对，那个"对"啊
在错误的软床上长睡不醒
我们仍旧兴致勃勃地说

2020 年 11 月 4 日

西城老王

西城老王,要来看我
很奇怪。他的头发在西城
早已掉光。一入东城地界
就重新长出来。他说等了半天
没等到一辆售卖口罩的公交车
老王,和大家熟知的"隔壁老王"
一样。平了反,不再是个
暧昧的称呼。爽。但去年吃的
一块红薯,没蒸透,至今
在胃里晃啊晃。发芽了
嘴里不时爬出一些绿秧
原先遇见红袖标,像遇见施了
催熟剂的番茄,他掉头就跑
现在人家碰见他,立马踪影
全无。到了退休前的单位
差点受到猛烈欢迎。但打过卡
就下班了。蹊跷。钱包也闭口
不谈收入。小区保安测体温
仪器的威力——超过美国的
战略武器。我递给他一个
玻璃杯。他说这水还是让茶叶

亲自喝吧。他说来看我
只为证实,我是电话里那人
还是抖音,为什么哆嗦?
回家他从窗户进入,顺手
把椅子搭在脱下的外套上
又顺手扶妻子一把,怕妻子
狐疑的表情从脸框上摔下来

2020 年 11 月 5 日

他说梦中

他说昨晚做了个梦
人类最后一日降临
无可更改,出于绝对的指令
蓝天破碎出丝丝纹路,太阳血红
怀疑和恐惧丛生于大地
晨起祈祷,让灾难如积雨云
厚厚地、慢慢地压下来吧
切莫山崩地裂,血流成河
如同战火席卷的哀哀苍生
让死亡同一时刻在空气中充满
莫使人耳闻同类的绝望、哭号
惨叫起伏如乱箭穿心
让人们多一点安静,既是宿命
粗壮的人不再以为在孱弱者
面前自己高大上,聪明人至此
明白自己的智慧只胜出一点
甚至零点。多金的人诅咒金子
开往火星的飞船点火升空,而
火星的肚皮愿不愿接纳人类
这些奇怪的动物,完全属于未知
他在做饭,肉丝切得比平时更细

蔬菜一株株洗濯干净。只是手
略微抖了一下,茶树油往热锅里
倒得稍多少许。那神态,就像
"美好的日子万年长"京戏里唱的
那样。给从不饮酒的妻子倒上
小半杯葡萄汁,说:"我爱你!"
给儿子摆上一听易拉罐饮料
说:"我永远爱你!"儿子稍感诧异
他忽然冲出门,骑一辆共享单车
飞奔至另一个城区的朋友家中
"上次急用,借你两千元钱,奉还。"
他气喘吁吁,眼角有泪但笑着敬礼
朋友说都这时候了,还有必要吗?
他说有必要。又笑一笑,然后离去
他的背影像是我们所有人的背影

2020年11月7日

在奥菲利娅的躯体上

——致张清华

一百五十年前兰波给我们看过。奥菲利娅
盛开一朵躺着的巨大百合花。她的体温
不断展开,传来。松弛。浅睡,备孕的姿态
裙摆褶皱连接国与国的边界,思想的鸿沟
此时太阳像一根食指,有着饱满的指肚
黄道十二宫。星斗合围,那些光芒的髭须
音乐听音乐如听呼救。无用之想象
经过玉簪花的风勤快地剥开晚春的最后颗粒
少年捉住雷霆把它囚禁在书名号内,然后
将其放生。花卉。草坪压迫着精装的废话
归来的燕子剪裁诗句。国家的脸面。善恶
精神的接骨术。瓦片与坩埚。时代的血
真相残酷,人类勉强承受。智者枭首
人民选择阶段性失明。故去的壮士残废四肢
十九世纪是那个上衣口袋插着钢笔的男人
流浪家中。一盘菜肴和两副刀叉赌着好运
山川河流。骑士与战马交换头颅。兵器
遮挡战争,也遮挡和平。相对论在自己的
火焰里洗手。蜻蜓的复眼酝酿蒸汽机车
计算机生活。个体光亮。树洞凝视着掏空的
概念,鸟喙把闪电按死在地上。新世纪

将少谈是与否。多说拜托。或许。可能
不确定性接通生命科学。印刷。复制
未来指南。网络覆盖。时间的工作台上
人头滚滚。富人用过多的货币压迫自己
前所未有的场域,被前人用旧的这世界
物质的图景琳琅满目。自然的律令
平衡之法典。量子力学。几何学。契约
冒险。自由的两面。隔着栅栏的无限
奥菲利娅,她的乳峰遥遥相对,美艳无双
她的下部是滔滔大海,托载着我们潮起潮落
"洁白的奥菲利娅随风飘动,像一朵盛大的百合"[①]

2020年11月9日

---

① 本句引自兰波《奥菲利娅》。

就当是远方

冬天了,远方在候鸟背上
冬天,满地落叶的远方,在树上
而黑头发是白头发的远方

天越来越高,仿佛空无一物
千里外的乡音却近似身边的问候
在微信中的笑脸,低头的一念之间

我知道喜鹊,上午为众鸟而唱
晚间的清歌是为自己抒情
我想起我的出生地,河北平原上
只剩瘦瘦枝杈的白杨,倔强地
站在天地尽处,它的巢穴被突出

旷野的安静,如一匹被抻平的棉布
无语之季节。喜鹊的叫声
使我的童年亮了一下,又亮了一下

2020 年 11 月 10 日

美国大选在一位华裔家中

我大学同桌屈建平的信息。美国
大选。真的紧张,真的热闹,刺激
像搞运动似的。比骚乱
枪支弹药畅销更抓眼球,抢风头
假如按照体力,假如摔跤,特朗普
连任无悬念。他头发金黄精力旺盛
但拜登七十多了。假如别人这样说
为人民服务——我会认为他
在开一个比人民还大的玩笑
他们今生,注定要手指对方鼻子
谁有前科,谁舞弊,谁马上就
扁平为一张过期或不过期的支票
电视机前观众一时也不知所以然
像即将盛大来临的感恩节,您说火鸡
先切左腿还是右腿?公民权利
国运问题,关乎每个人的面包奶酪
精英们仗义执言,辩解,预测
白宫的白墙会被谁再刷一遍?
我当年的桌子空出一块,显然
不是故意给美国公民——那位
洛杉矶兼职牧师腾地方

他对选票习以为常,自信满满
这次特朗普的演讲下了一场雨
拜登又送来一场雾。看清不容易
押宝靠运气。天气情况和媒体
时而兴风作浪,时而偃旗息鼓
共和党——民主党。建平和太太
各投各的票。他们在生活中脸对脸
政治上背对背。儿子富兰克林尚未
成年,不堪其扰,只好向钢琴诉说
向巴赫老爷爷寻求安慰。女儿瑶瑶
职业律师,端一杯咖啡微笑以对
女婿安德烈小口啜饮着中国碧螺春
至于火鸡与其他,等火候到了再说

2020 年 11 月 12 日

观影：某部国外警匪片

她这么漂亮，为什么
非要潜入黑屋子去呢？

开动足够的脑力，也许情报
像在家接听一个陌生电话那么不复杂
除此，那只猫也许有别的办法

她那么漂亮，像鲜花
一朵花开着，开着，开成了她
现在想回到花里去，回不去了
她嗅到了危险

她拎着鞋子像拎着自己的性命在跑

警察设了埋伏
警察长出了满身探测器
警察想抓谁，即使是好人
都逃不掉，更别说坏人了

       2020年11月13日

凌晨三点

凌晨三点,醒来
窗帘缝隙挤进夜的微光
一只眼睛悄然显形
隐约在迎头的门框上方

从未见过的鹰隼、虎豹之眼
却肯定出自人类。并无饥饿状
一只接续一只。惊悚中
带黑线的脸的侧面

自行其是。也许仅是途经此地
本邦客?外邦大哥?混血那位
带几根冰雕的胡子。尖锐
一张脸牵引另一张
一张推弹开另一张。加速度

神色漠然,寒气砭骨。有的
余光一瞥,看我像看一张人皮
其他的直接将四周视若无物

2020 年 11 月 13 日

母亲逝世三周年祭

母亲,我把你忘到了一千里外
今天我把这距离一寸一寸收回
原以为时间能淘洗失亲之痛——
六十四岁的我,不再有泪水
在你面前我仍旧哭得像个孩子

我的泪把积存的一些生活残渣
冲出体外。母亲,你的爱
仍带着光明、温暖涌泉而来
母亲,你不说话。你的房间冷
潮湿。我带了蜡烛、火柴

2020 年 11 月 20 日写于从洛阳塔陵园归途

老家的楼房

老家的这幢楼房,太老了
老得让人心痛。工人在拆除它

我的书包曾每天从这儿经过
我对它
就像对我的父亲那么熟悉

铁锤抡动,轰隆作响
墙体洞开,眦裂如狰狞
它的五脏六腑裸露了出来

砖石喷溅,像积攒一生的力
从胸腔中破壁而出
锤声低沉,如老人的闷咳
像死亡将治愈所有的疾病

那残损破败的阳台,遗言般
踉跄着站着。几根钢筋似青筋
支撑摇摇晃晃的头颅

它眼神冰冷,固执,不情愿

它像在点头,又像在摇头

2020年11月20日,祭拜父母之后,
写于自洛阳返回北京途中

十七行诗

我要写一首诗,十七行
少一行,不行。把我家
房梁拆了,也要加上
多一行,不算。卸下我
一根肋骨,也要卸下来
不是因为我住院,十七病床
十七日,我母亲生日
它简短,刻墓碑,肯定太长
况且没有墓碑,我葬在诗中
这数字并无特殊意义
人生一世,我就不能狂热地
偏执地爱过什么吗?我就
不能完全自主地排斥过什么吗?
你笃信一万,万全无虞。我怀抱
万一,是偶然的偶然,几近于无
你要问,为什么非十七不可?
那么我可否反问,你为何活着?
看来我只好拆自己的肋骨了

2020 年 11 月 21 日

如此古镇,如此黄姚

我相信在此必会遇到一个和我
相仿的人。黄姚的老屋子低矮
因为它长者般内敛,谦卑
黄姚的天空就比别处更高更敞亮
我借助航拍的视角,数百座建筑
拼接一千年历史。成群的马头墙的
曲线,拼接无数的瓦砾,活版的字盘
一片瓦覆盖一个汉字,一个汉字
推开一扇窗户,引来鸟鸣阵阵悦耳
豆豉——黄姚之宝,缺了它,皇帝
曾食不甘味。它在这里多到有点
炫耀的程度。它从北京、南宁、桂林
等的机场,从品牌回到家乡小贩的
简单的货架上。门前三百年的青石板
微甜地在平衡、平抚人间的焦躁。古镇
不慌不忙,心无旁骛,它用漫不经心
与认真专注两种笔法同时书写自己
数不清的民宿。干净清爽的小院,花卉
绿萝掩隐院墙、门楣。门口小木牌
中、英两种文字写着,店家手机号码
写着:"主人出去浪了,秒回。"

"谢谢亲亲的你,来我家做客。"
"你来了,咱就是一家人。"一只黑狗
大大方方和客人合影,一只白猫
把爪子伸进玻璃罐在数罐子里的花生
还不好意思地朝路人瞅瞅。两扇木门
叫进士第,一家客栈叫幸福里
四季的三角梅。昭平红茶正青青
象棋山前烫洗过的杯子在等谁?
真武山,笔架山。酒壶山顶,一朵
狭长的云如羽毛,谁将收到锦书?
季节摸到一个硕大的南瓜,顺藤摸去
摸到了下一个。小伙的长鼓已备好
姑娘惦记着不远处的三月三。清晨
被街道掰开,米粉的香气丝丝穿过
金德街、迎秀街、连理街、龙畔街
那对昨晚最先亮起的灯笼,早晨
最晚熄灭。那欧洲女子拾级而上
店铺主人背后的孩童,歪头望着她
如望着一本新书。窄窄的街巷上方
每个人享受着自己独有的
那份条状的光芒。溶洞中的男女
惊讶于灯辉里炫目的性别。饭馆中
品尝者和梅子酒恰似两个生词的惬意的
巧遇。镇边无数峰峦是长寿乡的

耄耋长者。垂钓人似睡非睡，等世间的
喧嚣慢慢降落，等待往事咬钩
东门边的院落，奶茶、杏仁茶、柠檬茶
与各式西点的小店铺，那盘巨大的
石磨下面压着星星。我乘坐
中山一号游艇，观两岸山色、楼房
蓊蓊郁郁的植被，那里正有几只
褐色鸟儿唱着，它们小小的口喙挑动姚江
你可知古镇的古？她的什么形状
与温度的教养绵延至今？从时光中
掰下的方言？古镇原住民的交谈
或许一句也听不懂，你却听见了歌谣

2020年11月底—12月初写于黄姚

你见到的我,是我派生的我

你见到的我,是我派生的我
你拥抱的笑靥是我的童年

我是一所大学,北边——
定福庄的奔跑,热闹
南边:梆子井的幽深,解不开
深深垂坠的绳索

我乃碎片,一只手的动作
被扬起的尘沙。一扇异价排骨
一扇温暖的腻腻的胸
为愤怒断头,为情欲买单

穿着汽车的铁甲衣装,冲向塞特
琉璃厂,物流集散之处
冲向一台复印机。我跟在我后面
慢慢走,人生必须另起一行

和自己算账,露出所有比喻的马脚
几个忏悔的零钱,不傍灵魂的边

迈步，乘舟，借数字和技巧搭桥
贿赂或摧残终极目的。或踌躇思虑
守着彷徨人所不知
我迷失于异乡，比千帆更远

我和你，与世界和解均属虚构
被真相嘲弄。把自己吓跳起来的
相互一笑。我夜晚回家
和你背后的你尝试着共鸣，低沉微弱

我和你，我派生的我和你派生的你
是一码事——和所有人，明知故犯
一次次坠入、潜入，浑浊如水

水的海，喧哗着新鲜，新鲜的
一厢情愿，与爱恨从不对位
与那古老、苦涩、孤悬的垂泪

       2020 年 12 月 27 日

后 记

2021年3月27日下午3点，河南省诗歌学会与郑州瓦库茶艺馆合作举办题为《非常道》的"陆健诗歌品读会"。现场有朋友问，听说你2020年写了200多首诗作，是否应了那句老话，国家不幸诗家幸？我说此言差矣。但凡诗家，都是先天下之忧而忧，天下之乐估计远远没到时候。它会不会来，我们只是像在等待戈多一样等着。

就说2020年，我一共写了204首诗，在《诗林》《诗刊》《中国作家》《橄榄绿》《江南诗》《扬子江诗刊》《诗歌月刊》《中国诗歌》《上海文学》《上海诗人》《草堂》《作家》《诗潮》《中国诗人》《天津诗人》《海燕》《山东文学》《诗选刊》《大河诗歌》《莽原》等报刊上发表了100多首，中诗网也给做了本很不错的电子书。看着热闹，其实诗句是苦涩的。

2020年，我进入64周岁，生命开始加速衰退。乱糟糟的世界，新冠疫情到处肆虐，很多人经历了严防死守，小区封闭，朋友间中断往来，亲人隔着重症室的玻璃窗，也许下一刻就是永别。

在这特殊的一年，我们接受了无数的信息，想了很多事。我们会对别人更宽容些，把属于利益的东西看得淡一些。我们和外部世界冲突加剧的同时，我们与世界相融的渴求也更强烈，更迫不及待。作为一个国家、一个区域，从整体上讲我们更成人化了，同时也更儿童化了。人类的未来更显露必然性，同时关于延续或灭亡的话题更纷纭，在具体问题上呈现更多的可能性。

就我个人来说，2020年我做的最重要的事情是给家人做了几乎365天的饭。陪太太去看医生，在院子里散步。我每天晚上9点多上床睡觉，第二天早晨6点起床，家人吃完早餐7点。孩子去上学，上午10点左右我和太太出门散步。我每天写作的时间就是上午7点多到9点多。的确像拙作中所言，"我像赎罪一样写着"。这一年我几乎度过了自己的一生。我知道自己什么都不是。人说老树着花，我说回光返照。无论如何，都是《路过》而已。期待我的人生，我领到的糖纸里，包着晚安。

陆　健

2021年4月2日　愚人节第二天